大眠 杨好

THE LONG SLUMBER

著

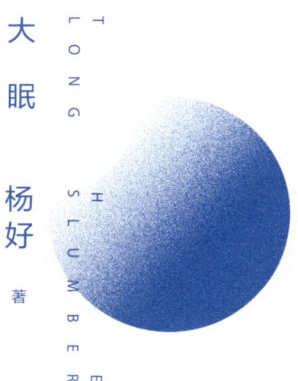

人民文学出版社

大眠：一个巧合

一个星期二的早晨，他决定一直睡下去。不要起床。

他的闹铃被设定在六点到七点之间，每隔十分钟重复响一次。星期二之前，这个办法是有效的，但仅仅只是有效的。他在闹铃重复叫响的那段时间里既不睡着，也不醒着，他只是游离在一种被牵制的边缘，直到莫名其妙的负罪感油然生起，然后是愤怒、惊讶和清醒。他认为这是由于闹铃的声音才让人生起这样不安的情绪，让人从梦中清醒。现在当他决定这么睡下去的时候，闹铃的声音改变了，声音消失（不，融合）在之前那个雾气笼罩的边缘地带：由远及近，由近到远，甚至难以分辨远和近。距离总是要有参照物的，他开始疑惑了——此刻这边缘地带的两端究竟是哪里？

他无法如此区分世界：梦和非梦；梦和清醒；梦和直立。终于，闹铃的声音不再对他形成干扰，他一只脚跨入了边缘的一边，变得轻飘飘的。一阵恼怒的敲墙声响起，是室友甲。他和另外两个人一起住在这个租来的公寓，他们都是每天八点钟上班。现在在敲墙的室友甲在一个中学图书馆坐班，室友甲永远戴一顶黑色的旧礼帽，看不见他的眼睛，礼帽下面露出的部分是堆满皱纹的嘴角和脸颊，还有杂乱的花白色头发；他一年四季都穿一件白色校服式样的运动外套，和他的礼帽放在一起滑稽且不协调。他和室友甲从来没有见过室友乙，虽然他们知道室友乙的闹钟每天早上只响一声（像咳嗽那样迅速），他们也知道每天晚上室友乙总是在他们回家之前就已经回来了，但他们从来没见过室友乙的样子，这个人行动迅速，无影无踪。这间公寓的墙很单薄，几乎完全不隔音，尤其到了晚上一切都安静下来的时候，他能听到室友甲和乙发出的所有声音。他们在嗤笑，哭泣，咳嗽，叹息，喘气，呻吟，只有他屏息在一片黑暗中，窗外那巨大的车流和刺眼的灯光如同一个冷漠的黑色皮影一样紧紧贴在（谁的）梦里，他怀疑此刻一定是不合适的枕头让他产生了眩晕的幻觉。

凌晨两点的时候，甲的房间传来了说话声。最开始，他一下就醒了过来，直愣愣坐在床边，掸了掸枕头，趴在墙上企图去听清这自言自语到底是梦话还是真话。上一个大风天的凌晨两点，也出现过这说话声。那次他因为没有赶上夜间列车而折返回家，误车的原因是：大风把一个五六岁的小男孩吹倒在马路边，他停下来扶起男孩，那男孩却大哭不已，他花了好久才止住了男孩的哭泣，列车早已离开。所以这次他躺在床上认真听那说话声，由于他还是闭着眼睛的，所以在他的脑海里出现了走马灯一样不断重复又消失的画面：他看到甲趴在床上，没戴礼帽的头顶长出了好几片斑秃，在凌乱花白的头发中间显得骇人又可怜。他无比清晰地听到甲说：我什么都没说，我只是摔倒了，就哭了起来。还有各种各样的声音：说话声，音乐声，轰鸣声，间杂旁白，不安，慌张，怀疑。

昨天下午，他去了自新路，50号或者5号，这不重要。那边都是一排排模样相同的棕黄色矮楼，并列，齐整划一，这样的排列本应看起来清爽利落，然而在这条路上却有种迥异的破落感。规划这里的人初衷是想要此处区域呈现一片欣欣向荣的良好秩序，然而这刻意的整齐却在最大程度上显现了强烈的不和谐。他是跟着切西到这儿来的。准确来说，是一个像切西的姑娘，穿着和切西失踪那天一模一样的粉色短袖，上面印着一个被拉开勾环的可口可乐罐子。其实他并不能准确记起切西的相貌——她有时是单眼皮，有时是双眼皮，有时是塌鼻子，有时是小嘴巴。切西之前在的那家理发店只有她一个人穿这种短袖，而只有切西穿上这件短袖的时候，他才能确凿无疑地辨别出来切西。其实他也不能确定切西是不是她的名字，他听理发店的人是这么叫她的，理发店总充斥着一些和本人毫不相符的伪外国名字，听起来像是"切西"，他也可能听错了。总之，某个星期五的晚上切西消失了。理发店找了个胖姑娘给他洗头发，他们说切西不干了，切西去大城市了。

　　切西消失的那晚，他也来了这座大城市。在大城市里他有了一份新工作，一间新房间，以及新的室友甲和乙。他根本不是来寻找切西的，他甚至不能确认他们是否来的是同一个大城市，虽然大城市总是相同的，人们总是会在这里迷路。他听说有些人迷路后就突然消失在某条死胡同里，因为他们没有记住这些路的名字。所以他很小心，到大城市来的第一天就随身带了笔记本和笔，记下他走过的、返回的每一条路。这搞得他精疲力竭，有几次甚至差点误了回家的公交车的时间。他记得那一周里他几乎每天晚上不到十点就睡着了，在梦里他看到了所有的街道和路——全都没有名字，他大踏步快速穿梭在其中，仿佛一开始就知道他要去的路。自然,路和他在其中都是匿名的,匿名给了他们辨识方向的能力。他停不下来,速度越来越快,直到城市的路像一张无限伸展的大网一样将他擒获。直到醒来,他依然精疲力竭。

他跟到自新路尽头那座黄色矮楼,那上面挂着一排俗气又巨大的彩色滚筒灯。这种五彩灯在大城市的主道已经很少能见到了,只有一些城乡接合的街道和被人遗忘的老小区门口才会出现。他倒是觉得这夸张的色彩让他倍感亲切,仿佛下一秒他就能闻到那温暖的、遥远的洗发水味道。他走进自新路的这家神秘发廊,一个穿着红色西服外套的年轻女孩走了出来,她的手很像切西,但在他印象中切西应该更高,切西的眼睛充满生气。她一定不是切西,她困得眼睛几乎要闭起来,有气无力地问他是不是要洗头。

他点了点头,不用她招呼就找到一个破旧的皮椅子坐了下来,问道:切西刚刚是不是跑进来了?

女孩又把眼睛继续往下沉,说:从来没见过。我可太累了。

她打了个呵欠,给他系上白色布罩,用冰冷干瘦的手开始揉搓他的头发。

很快，那兑了廉价香精的洗发水就起沫了。随着她的揉搓，他浑身发热，虽然闭着眼睛，却兴奋不已。他几乎可以确认，她是切西，无疑。

轻快或沉重的咳嗽声——来自甲的自言自语，或者乙的短促闹铃。他记起来，这是他决定不要起床的第十天。他在边缘地带，他需要自己计算时间，虽然时间的计算对他来说谈不上有什么意义。他前几天就发现了，从自新路回来那天起，他的右手就变得越来越沉重、迟钝、不听使唤。这对一个不停睡下去的人来说并不造成任何困难，他甚至发现，在梦里他的右手有力到能举起整个地球。他要让已经麻木的右手彻底释放。紧接着是刺眼的白光，他发现在他偶然睁眼休息的时候，边缘地带另一边的空气已令他的眼睛酸肿，流泪不止。这完全出自生理性的流泪奇异地让他真正伤心起来，他渴望听到某种许诺，可事实却是，无论这一天有什么许诺，身体有另一种声音让他坠入沉重又轻飘飘的另一边。一切的声音都将在巨大崩塌中狂欢，他决定睡下去，麻木且宁静。

后记：

　　从十一岁开始，我反反复复做着一个梦，直到现在我仍无法确定那究竟是同一个梦，还是无数个被遗忘打断的梦。那年，我第一次记全了作协院里树木花草的名字：梧桐树、槐树、丁香树、杏树、月季、爬山虎、一串红，或许还有枣树和山楂树。我住的那间卧室正对着老办公楼的东北角（传说有个日本军人曾在那里自杀），每过晌午，院子里植物们的影子就无声息地、不容置疑地一下子铺满东北角那面摇摇欲坠的墙壁。那些影子搞得我总是困顿不已。

　　有天我从父亲的书架上找到一本看起来又窄又薄的书，书的封面是深蓝色的人和黑色的城市（我记得），上面写着《幽灵城市·金姑娘》，于是我抱着这本书轻手轻脚回到自己的卧室。爬山虎的影子已经顺着墙根投射到了卧室的天花板上，我躺在床上，在一种半梦半醒的状态下记住了金姑娘的故事。

　　我给自己重复了很多遍金姑娘的故事，直到我再也分不清这个故事的真或假。但我知道梦中的那些场景——声音，失踪，奇特，恐惧，逗留——它们来自金姑娘，并在每一次讲述的虚构中不断覆盖着金姑娘。这几天，一种越来越强烈的冲动促使我找回这个故事，在这里我得用"Djinn"的名字寻找它。我提交了借阅请求，圣三一学院的图书馆管理员告诉我这本书失踪了，没人知道它去了哪里。那个管理员有着浓重的东欧口音，一双诚实的褐色眼睛；他还和我说，我们可以跨馆帮你寻找一本。

我等来了跨馆借阅的书。书的封面是一个戴黑色礼帽的男人，我从来没有见过他，哪怕是在金姑娘的故事里。这本书来自都柏林附近的梅摩斯圣帕特里克学院，那里曾经是一所天主教教会学院，如今和其他所有教会学院一样，被收编在"大学"这个现代又平庸的教育系统中，不再拥有神的光芒。

这本书的扉页粘着一张借阅记录，上面记着上一次借出的日期是1998年5月20日。

那一年，我十一岁。

2024年3月18日
于都柏林

看到这则新闻的时候,我还有十分钟就能走回肯辛顿大街。新闻里报道的死去的姑娘是台湾人,她在照片中笑得很甜,指甲上贴满了亮晶晶的花朵饰品,看起来和我们差不了太多,反正英国人从来分不清亚洲人的长相。新闻上说她住在肯辛顿大街,昨夜离奇被害,死之前召集了一场派对,这点是给她的派对送食物的外卖员告诉警察的,他说他"当然记得很清楚"。

那她是我的邻居了,是肯辛顿大街上住着的上百个我的邻居之一。

肯辛顿大街是一条宽阔笔直的大路,路的两边布满了各种住人的地方:公寓,大屋,联排以及所有能用来住人的空间。这些房子的门都是朝向肯辛顿大街的,这意味着所有人只能通过这一条路走出去。

我总是在这条路上行走,往前走,或是就在原地打转。

但不论我怎么走,只要到了晚上八点整,我一定会回到自己家里。我拉上窗帘,走到窗户右侧,把窗帘一角掀开,便开始等待。有时是几分钟,偶尔更久一些,绝不会超过三十分钟——她一定会出现。她住在我的前方,比我高一层或者两层或者只是一种视觉错觉。她的房间总是亮着的,从不关灯,但她只有在八点钟的时刻才会出现。接下来,她将背对窗户脱下上衣、牛仔裤、棉短袜,接着是内衣和内裤。我能看到她架起腿坐在一张黑色的金属书桌旁,全身赤裸。她有一对光滑圆润的肩膀,异乎寻常地对称,从我的视角看过去肩膀两侧的大小和高低完全一致。这在城市里很罕见。

我通过仔细观察和反复确认,得出了结论:她的肩宽为36.5厘米,两侧数值相同。我从不使用望远镜,那是偷窥狂才干的事情,我不需要,因为透过她的肩膀几乎可以看到她所有的姿态。大多时候她把自己蜷成一团,双腿盘坐,阅读一本书或是压根儿什么都不做;还有一些时候,当她注意到有人在观看她的时候,就故意把身子完全侧向窗户这边,把双腿完全抬起。但她从不往窗外看,一秒钟都没有,所以我不知道她是否知道我的存在。

她肩膀的数值和身体姿势的位置从来没有发生过变

化，我指的是任何发炎、肥胖、粗糙、干燥或衰老的痕迹。她的光洁平滑让我想起塑料人体模特，就是很多年前我在服装公司看到的那种。我偶尔想过，即使她知道我是她的邻居，也并不会因此改变或发生什么。住在这大街上的人们从不过问彼此来自哪里。我们住在这儿，我们也是逃亡者 —— 津巴布韦、委内瑞拉、苏丹、巴基斯坦、俄罗斯……逃亡者之间也不一样，他们似乎带来了从前的生活，又似乎什么都没带来：他们之中有拿着仅存的衣物住在纽汉或者 Tower Hamlets 的安置区的，也有带着大笔钱财躲在密不透风的海德公园住宅里的。而在这条肯辛顿大街上，逃亡者和所有人共同生活在一起，和那些上班的人、商人、学生和毒贩，我们行走，却从不说话沟通，没有微笑，这里没有人乐于讲述自己的生活。

或者是我再不愿讲述什么了。我的父亲和我说过一件事，他说人的一切都是习得的，而我们的肌肉记忆要比我们以为的短得多得多，哪怕是走路，只要几天不重复也会忘掉。我的父亲现在住在一个四面都是高墙的地方，他失去了自由，但他一定很宁静。他让我什么都不要说，于是我什么都没有说，一直到现在。

我先是忘记了自己的声音,接着是身体、温度、气味和脸。

我在白天的时候给自己穿上所有能找得到的衣服。我用衣服一层层地将自己裹紧,这让我每走一步都要气喘吁吁、大汗淋漓。我在这些衣物的遮掩下逐渐融化,消失不见,它们是我唯一的庇护所,也是我唯一能确认自己的场所。我的身体、温度、气味和脸仿佛在衣服的重量之下又回来了。就这样,我走得极其缓慢,用一天的时间从楼下的超市走到公共汽车站,再用一天的时间折返回来。街上的人们都是这么走的,他们当然比我走得要快得多,我不是指这个,我指的是每到白天,我和我的邻居们一定会出来,没有人愿意待在家里。白天的家里又冷又黑,处处都潜伏着没人知道的危险。我想,这就是这条街上每走两步就有一个咖啡馆的原因,而那些咖啡馆永远没有空着的座位。

第二天,我用同样缓慢的速度(虽然我努力加快脚步)从楼下的快递寄存柜走到中心公园,再折返回家;第三天也是如此,从楼下社区服务中心走到图书馆,再回家……我把自己行走的每一段路线都仔细地绘制成地图。我行走的速度缓慢,这必然导致我的每一段路线都极其短暂,然而当这些路线在地图上被显现出来的时候,它们竟形成了一个庞大繁杂的圆形宇宙。在地图上，我在白天走过的这些地点被无数条不起眼的短线连接起来，纠结、蜿蜒、交织，最终变成了一个赤裸的活物，一个古老而复杂的整体系统，那是我白天的记忆。

晚上，我就在窗边绘制这些地图，等待她的出现。她一旦出现，就不再消失。我无数次试图抓住她离去的时间，但每一次，无论我如何挣扎，还是会在她离开前先陷入沉沉的睡梦之中。我甚至无法确认，她究竟是在我入睡之后迅速离去的，还是一旦白天到来她就变成了透明不可见的隐形之物。还有另外一种可能，她在我注意不到的瞬间钻进了楼下那些咖啡馆里。而楼下的咖啡馆一到夜间，就变成了酒馆、美甲店、按摩店，灯光昏沉，根本分不清里面究竟在干些什么勾当。

这让我想起一个关于影子的故事，在故事里，年轻学者的影子具有了真实的血肉和衣服，学者亲口宣布了影子的自由，也给自己带来了死亡。学者一天天变得虚弱下去，影子却变得越来越强大，终于有一天影子变成了学者的主人，而学者因为说出了人们都不相信的真相而被处以死刑。这个故事自然不是关于真理的，而是纯粹的暴力，影子说他知道了一切关于这个世界的秘密，秘密本身就是不可以言说，是罪行的承担者，是衣物包裹下的赤裸身体。这个故事提醒了我，我总有一天要走到城市公墓，那里埋葬着这座城市所有的流亡者，他们没有名字，也没有影子。然而无论我如何行动和规划，我发现以自己现在缓慢的速度绝没有走到那里的可能性——公墓在城市环线以外，我在地图上用各种办法试图连接它，但它所在的地点却似乎超出了所有连接线的范围。我不得不考虑脱去身上层层叠叠的衣服，然而如果失去了这些衣服的遮挡，我连一步都无法迈出家门。

我的第一份工作是在 ZARA 的服装仓库里清点过季的服装，那是很多年前，在我父亲还没有进到那座高墙之前。每当品牌新的一个季度到来时，他们就会毫不犹豫地烧毁大量过季的衣服，我的工作就是挑出这些过季的衣服，把它们弄进一个个巨大的纸箱子里，没过几天就会有人将它们收走，搬去一个垃圾场焚烧。我之前知道品牌都会这么干，这比拼命打折促销还容易，他们因此反而可以节省出大量的人力物力成本；但我不知道这些烧毁的衣服数量这么多，比当季卖掉的衣服还要多。仓库里只有我和另一个女孩轮班倒，这只是其中的一个小仓库，用不了那么多人。我在白天上班，那个女孩在晚上上班。我从来没见过那个女孩的样子，听说她也是个亚洲人，也是我们服装学院的学生。仓库后面的角落里杂乱地扔着一些人体模特，她们要么缺胳膊少腿，要么丢掉了头发，总之是商店里一些报废了的模特。我有时会过去瞧瞧她们，因为这个仓库太大太潮湿了，全是回音。这些人体模特是那个空间里被彻底遗忘的无用之物，但让我惊讶的是，所有这些报废了的人体模特都拥有一副完美的肩膀：36.5厘米，这似乎意味着她们的绝对赤裸所呈现的是一种绝对匮乏。

她肩膀的宽度和仓库里的人体模特肩膀数值一模一样，起初我也对这一点感到怀疑。后来我发现她只在夜晚时刻才出现，这让我确定了她的真实性。今天早上，我在走过一棵巨大的橡树的时候看到了一个穿毛皮大衣的年轻女孩，她走在我前面，脸完全隐没在大衣领子里，没有脚步声，像一座巨大神秘的原始图腾。她的那件大衣是用无数种不同的动物皮毛做成的，我贪婪地辨认着这些皮毛：狐狸毛、兔子毛、狼毛、豹毛、老鼠毛……我几乎是在一瞬间确认了这个女孩就是当时和我轮班倒工作的女孩，她身上散发着那个仓库特有的空洞和潮湿的气味。我忘了说，服装仓库的工作也是我最后一份工作，我从那之后开始变得害怕白天。

我跟着女孩走,她走得很轻很快,仿佛她身上那件毛皮大衣只有空气那么轻巧的重量。

我突然产生了一种强烈的渴望,如果我拥有了这件大衣,即使在白天,我也能够快速行走,那样我一定能到达自己想去的地方。就在我伸手够向前方的时候,马路上跑来一只摇头晃脑的大黄狗,女孩立刻加快了脚步,我快要跟不上她了。眼见她离我的距离越来越远,我焦急万分却无法摆脱自己身上的衣服。终于,我在自己的挣扎中扔掉了那些衣服,赤身裸体地奔向她身后,扯掉了她那件神奇的皮毛大衣。我看到在这奇异的大衣下面,女孩的身体赤裸,只有她的指甲上贴满了亮晶晶的花朵饰品。

我得到了大衣,就连晚上在窗边等待她出现的时候我也披着那件大衣。然而糟糕的是,我总是看到那个女孩的身体(我分不清是哪个,这只是我的指称),仿佛她的身体和大衣早已生长在了一起,皮肉相连。更糟糕的是,一切都变得更加不确定了:她离开的时间,出现的时间,她的肩膀开始隐藏在灯光的阴影处,这让我无法辨别那完美的肩膀是否开始出现了变化。那一定是我们最为惶恐的事情。

在这个故事里，我什么都不能说，但是我有两种假设：

假设一：窗户对面的裸体从来不属于同一个人，她们属于一个群体。这个群体里的成员有着完全相同的身体数值，尤其是肩膀两侧高低和大小的数值。她们按照某种时刻表严格地执行轮班制（她们并不是在展示赤裸，这是一份重要的严肃工作），白天和黑夜每一分钟都不遗漏。这个群体的成员来自世界各地，属于不同种族，因此她们拥有色谱上可以标示的所有肤色，能够适应每一时刻不同的光线的变化。只需要经过精密计算，她们就可以在不同的时刻出现不同的人，也因此，她们并不需要像我的其他邻居那样走上大街，她们总是在屋子里，只是光线的作用欺骗了我的眼睛。

假设二：这一切都是延时效果，我看到的只是经过反射的镜像。我从没有真的去过对面的大楼，一直都是透过我房间的窗户看到她的。我看到的一切只不过是某个来自过去或者未来的影像；距离（空间）也可能欺骗了我，看起来的无限接近完全可以是无限遥远，我看到的裸体、肩膀和姿势的变化只是那些影像过去和未来之间的某种停留，这个停留被无限延迟，因此我永远被禁锢在同一个影像之中，我看到的也永远是同一时刻的停留。

总之，上述两种假设都能充分解释：她从不往窗外看，我看不到她的眼睛；她从不消失，我抓不住她离开的时间。这表明两种解释都可以成立，又表明两种解释成立的同时又取消了彼此成立的可能性。一切又如我绘制的地图所显示的，日常是一个赤裸的活物。

我怀疑日常是从惶恐所引起的灾难开始的。但现在我有了大衣，我可以和我的邻居们一起在早上十点的时候冲上街头，那时街上川流不息；我们事先发誓承诺遵守一个共同的约定——我们将脱掉自己身上所有的衣服，赤身裸体在楼下广场的电子屏幕前集合——那个巨大的电子屏幕昼夜无休地滚动着时尚品牌最新一季的广告。我们聚在那里的唯一原因是抗议：抗议那没有意义的焚烧。在抗议没有开始之前，日常和灾难早就取消了抗议的意义，所以我们的抗议注定无效。所以这样无效的抗议依旧会持续、繁衍、自我复制，遍布在那些逃亡者的故乡，直到我们和他们一样全都失去了声音。

我什么都没说，回去继续等待下一次通知。这一次她遵守了时间，她的肩膀上出现了一道淡红色伤痕，那是新闻报道里被杀女孩死前的标志。我并没有再叙述，我看到的只是我的影子。

2021年10月的一个下午,我穿过圣殿酒吧区,想抄教堂后面那条近路去基尔德尔街上的咖啡店买些东西填肚子。咖啡店是一个土耳其女人开的,她给的咖啡又浓又多,只要半杯就能让人清醒过来。我从来没见过她正面的脸,她总把脸藏在自己的黑色头巾下,我记得她的眼睛应该是棕色的,有时会变成橙色或者绿色。都柏林到处都是这样的移民,你从来看不到他们正面的脸,也分辨不出他们眼睛的颜色。

在接近咖啡店转角的地方,几个穿防弹背心的警察拉起了警戒杆。此时他们身后的基尔德尔街空无一人。人们被阻拦在警戒杆之外,警戒杆里面瞬间形成了一个禁区——可能是抢劫、谋杀、失火、毒品交易、任何不明原因的安全威胁。我想确认咖啡店和那个土耳其女人的情况,就站在警戒杆边上,一动不动。警察忙于自己的任务,他们见惯了我这样的人，我们的行为既徒劳又没有意义。过了很久，我还是站在原地，仿佛失去了辨认方向的能力。

　　有两个吉卜赛女人跑过我身边，跑过所有人身边，在这里，只有她们能明确表明自己的来处。在某种意义上，她们的生命和自己的来处重叠。她们高举的双手延伸向天空，不断重复着同一个音调，那应该是她们的语言。几乎每一个夜晚，她们都聚集在利菲河畔南岸，把自己裹进起了球的、棉杂线织成的长袍里，并不跳舞也不说话，她们和这城市里的海鸥一同坐列成一排，用奇特的目光盯着每一个过路的人。此前有几次我走过她们身边，她们试图告诉我我的命运，每到这时候我就赶紧绕开她们快步躲掉。而这次我却异常清晰地听懂了她们的呼喊。她们的声音此起彼伏，一种异样的音律将音调统一起来，如同一个人在发声。

　　像做了个美梦。

　　像做了个美梦。公寓楼下的看门人递给我一颗绿色的糖，他指指自己的喉咙，这种糖在现在这个季节很有用。进入九月以来，我就一直咳嗽，尤其是我想要和"一些人"

说话的时候。"一些人"是我发明的一个词语，指那些每天都能见到、但你和他们的对话仅停留在问好和天气范围内的人们。这些人的脸有时会在梦中出现，你对他们如此熟悉，知道他们是从哪里来的，是干什么的，工作甚至回家的时间。可是同时，你对他们一无所知。突然从某一天开始，当我想和他们问好的时候，我就开始不停咳嗽。我没有感冒，也没有生病，我的咳嗽仿佛只是一种无能的显现——我的声音（准确地说，是我使用的语言）被卡在喉咙上方，在这个节点上我只能咳嗽。我接过看门人的糖，毫不迟疑，"祝你有个美好的晚上"，看门人笑了，继续做他的美梦。一天中的大部分时间里，这个来自阿尔及利亚的看门人都在睡觉；睡醒后，就戴上他的耳机开始打电话。在他那里，白天和黑夜的循环规律是完全失效的。他始终坐在玻璃挡板后，看不清脸；两手交叉揣在自己肚子前面，他的头有时会随着进入睡眠的深度而重重垂下来，接着又在重复的点头中进入另一个梦中。

有一次我看见了阿尔及利亚看门人摆在电脑旁边的照片，他穿着现在身上这件黑色耐克运动服站在中间，边上是他的妻子（我猜测）和两个大学生模样的青年。我想，除此之外，他应该还有很多别的亲戚，一个庞大的家族。

有时我听到他在电话里和（可能的）亲戚们吹嘘都柏林的生活，我听到过"方便"这个词，也听到过"自由"。

方便和自由——2021年，我两年前来这座城市的时候也是这么以为的。那时我住在圣殿酒吧区一个中医针灸诊所的楼上。我第一次在距离家乡半个地球远的床上睡觉，失眠折磨了我整整一个冬天。家乡的人听我在国外找到了工作，都说我运气好得不得了，虽然他们完全说不出来我来的这个地方的名字，在他们的概念里，中国之外的地方都是外国。我其实也不知道这个城市在的地方竟是一个独立自主的国家，我从没搞明白过这个国家是怎么来的，这对我来说都差不多，我从没想过自己要在国外工作，我一心想留在北京。当时那条招聘广告上写的是：需要游戏场景设计师，需要一个耐得住孤独的人。我是一个游戏场景设计师，我很孤独，就发了个他们想要的场景模型，然后就来了这家位于都柏林的、中国人控股的"加速"游戏公司。

所有这些情节和我的讲述组合在一起听起来一定让人觉得很荒谬，似乎我在描述一个虽在近处，有可能发生却不存在的事情。唯一能肯定的事实是：我是一个优秀的场景设计师，我可以坐下来不动专注工作很长时间（一天或者一天半），我可以用鼠标把比例格打得又工整又精准，我坚信我做的游戏场景一定存活在某个我们看不见的、被隐藏起来的地方。这一切，根据以往的经验来看，都能让雇用我的公司满意。还有，我从不多追问游戏的文本和故事内容。我见过很多场景设计师因为陷入故事情节而无法及时、后来索性压根无法完成他们的场景制作工作。我不是，我可以将文字仅仅作为一种工作说明，然后根据说明指令完全还原出他们想要的世界，我认为这就是我全部该做的，以及能做的工作。比如这一次，"加速"游戏公司想要的是一个以二战为背景的世界场景。

　　他们对我的工作很满意，所以现在我搬到了公司给我租的这间单身公寓。这里离办公室很近，只需要走五分钟的路，这里配套齐全，仿佛一个人可以在这儿安心待到死去的那天为止。有时我会故意让自己回忆，然而我却越来越想不起来刚来的时候在针灸诊所楼上的那个房间是什么样子的了——大概是白色的，铺着浅色的木制地板，有一面窄小的窗户，只要有人走路整个房子的地板就会发出持久的"咚咚"声，虽然地板总是黏腻的，有一层不知积攒了多久的灰尘。作为一名场景设计师，我却无法记住现实里各种房间的样子和大小。我不知道这对我来说算不算一件幸事，这让我在搭建场景的时候能忘掉自己在现实里见过和接触过的一切情景，我只是按照他们给的指示创造他们想要的东西，如果这是一种创造的话。我在上大学的时候，老师曾无数次说我没有创造力，老师说我只是在干活儿，从来没有运用过自己的想象。我不知道想象力对于我们这个行业意味着什么，我只知道我拿到的指示一定有它们的意义，那些空间一旦被实现就会进行无限的自我衍生与自我延展，而现实里的房间却像一摊透明的水，太阳一出来便会无影无踪。

那些空洞的"咚咚"声却一直在，它们不会消散，跟着我来到新的单身公寓，直到这些我听到的、却无法确信究竟从哪里发出的声音严重加重了我的失眠。我必须记得在针灸诊所楼上的小房间里，我看到他们出没在那个弥漫着活络油和熬制中药味道的空间：他们的脸一片模糊，他们不说话也不动，只是静静站立着，痛苦但平静。按照我们家乡的说法，有冤的鬼不会飞，他们只能待在自己死掉的地方徘徊不前，他们走得很慢，所以有时同乡人会不小心撞到他们；但他们一见到外乡人就会绕道而行。于是从那时，我开始喝酒，去楼下圣殿区买那种最便宜的酒——我不应该和那些狂欢的爱尔兰人在一起，我没什么值得狂欢的事情，他们说的话有一大半我都听不懂，人越多，越听不懂他们在说什么；我把酒揣在我的帆布外套里，带回自己房间。我试过很多次，只要我一喝酒，房间里的他们就会离开。爱尔兰的廉价酒足够让我昏迷好一阵，然后懵懵懂懂醒来，继续在中药的香气里晕晕沉沉迷糊过去，直到楼下的脚步声和说话声将我唤醒。这些声音有一大半来自我的同胞，他们习惯在降温的时候来这里针灸和按摩。

其实我并不确定酒是否真的帮助我进入了睡眠状态，但它却保证了我白天的工作状态。客观地说，我喜欢我的工作——不用和人交流沟通，我可以不在乎甚至不记得我的同事，我只需要按照文字说明用整齐的几何图形做出山、树、城市、战场、路线和遗迹。在我的场景里，我无需见证之后而来的战队如何杀戮和破坏，虽然我知道在游戏的结局里我制作的一切场景终将被摧毁，除了胜利和失败什么都不剩。

有时我会在圣殿区迷路，那些路看起来一模一样：古老，肮脏，歪歪扭扭，一不注意就会踩到人或狗的粪便。蜷缩在路边的流浪汉也看起来一模一样：他们躲藏在黑色或白色的长袍下，那就是他们在这个世界上唯一的庇护所；他们偶尔向人伸出一只手，他们的手短小而粗糙，如同某种危险的金属圆柱体。一次迷路中，刮起大风，我撞进了土耳其女人的咖啡馆。当时我头晕脑涨，土耳其女人的浓咖啡拯救了我。那天下午我回到办公室，用一个晚上做出了一道壮观的海沟，我给海沟填上了泛有金色的蓝色，看起来像一处正在浮现的扭曲的、迷离的幻境，在这幻境中，我依照游戏要求埋入了成百吨的炸弹——"它们的引爆将成为盟军在这场战役中的关键时刻"，指示上是这么写的。

月亮悬挂在利菲河上方，她通常躲在屋顶或是乌云后面。今天下了一整天雨，躲藏着的一切被显现出来。月亮通体雪白，仿佛那些光并不来自太阳而来自她自身。我在这一刻无比清晰地思念家乡，我打了一个寒战，不是因为冷，我跟着记忆中母亲的眼睛默念："举头望明月，低头思故乡。"

我来自忻州，这个自古以来本当喜悦的北方城市。我跟着姥爷在大佛庙里长大。姥爷是大佛庙的看门人，他在这座破败森然的庙后面种了一大片玉米。乡里人每年六月来帮姥爷播种，十月再来帮忙收玉米。玉米熟的时候没有香气，只是整个庙和姥爷的侧屋罕见地热闹了起来：姥爷分一部分给乡里人，一部分磨成面，一部分晒成老玉米存起来过冬，还有一部分是给庙里的佛祖上供的。姥爷把我接到大佛庙的那年我三岁，第一天他就拿一个不锈钢盆装了玉米把我带进千佛殿里上供品，让我拜佛。第一次进殿里，我先看到漫天的灰尘飘浮在光晕中，在灰尘的隔断里我看到左侧残留的台座，还有右侧的佛像，台座上没有佛像，佛像上没有头。这是我人生中最清晰的记忆片段，千佛殿的光晕仿佛笼罩了我之后在生活中见到的所有地方，现实从此失去了所有形状和标记。姥爷戳了我一下，叫我跟着他跪下给佛祖磕头。我知道磕头，母亲带我找姥爷的时候是抱着我给佛祖磕头的，这次是我第一次自己跪在地上磕头。地上很硬，但完全不凉，我偷偷向上仰望，光晕中的灰尘萦绕在无头佛像上，进行着一种当时的我无法理解的无限永恒运动，显得神秘又变幻莫测。从那之后每天早上，我都跟着姥爷来给佛祖送玉米，而佛祖永远躲在那无限的、不可捉摸的光后面。

　　我和姥爷住的侧屋见不到光，本应该投给看庙人侧屋的光被千佛殿前的两棵大树遮掉了一大半。姥爷称它们是怪树，在我眼里，它们就是怪树，和别的树都不一样。我不喜欢这两棵怪树，它们枝叶稀疏，肆意延展，虬曲嶙峋，仿佛在一种极度的生与死之地蔓延。我问姥爷能不能砍掉怪树，这样我们就有光了。姥爷说不能砍，怪树比庙的时间还长，是保佑我们的。姥爷让我不要再说怪树的坏话了，它们能听到，佛祖也会听到的。可到了晚上，姥爷的咳嗽声和呼噜声把我从梦里唤醒，我一睁眼就看到这两棵怪树：它们的影子穿过庙里的矮墙，穿过侧屋的小窗，以一种不断变幻的、黏腻的姿态企图钻进我身体里。姥爷在熟睡，踏踏实实地睡，我只好在小床上把身子翻过来让脸对着姥爷，这时，那两棵怪树就像鬼魂，就像我多年之后在都柏林针灸诊所楼上的房间里看到的那些鬼魂一样——他们从我的呼吸里爬出来，边走边停，静默，潮湿。我不怕鬼，鬼在的地方应该是爸妈在的地方，虽然我一次都没和他们的鬼魂说过话。或者换另一个说法，我从来没有像姥爷那样真正看见了他们，我看到的也许只是"圆柱几何体"。

圆柱几何体——来庙里的设计学院学生是这么称呼这两棵怪树的。那是2005年，我在忻州一中上学。那年春天，姥爷带我去了趟北京，我们跟着一个旅行团去看了天安门，颐和园，还有天坛。我和姥爷在这两天三夜的旅行中一步都不敢离开导游身边，即使想上厕所的时候也憋着等着和别人一起去，我们觉得北京太大了，生怕走出去一转头就跟丢了。姥爷和我都知道爸妈的尸体就是在北京被"处理"掉的，虽然北京这么大，但我想来这里。

设计学院的学生说他是从北京来的，还有两个和他一起来的同伴，一个男孩，一个女孩。他们一进庙里，我就跟在他们身边。他们带了三塑料袋的玉米，说是在过公路口的时候，一个老乡卖给他们的，老乡说了一大堆他们不怎么听得明白的话，只听懂了老乡说这里的佛菩萨喜欢玉米。姥爷问他们是干什么的，他说他们都是设计学院的学生。他穿着一件棕色的帆布外套，和他一起来的两个人也差不多是这副打扮，只不过这两个人从始至终没有说过话。他们一直跟在和我们说话的这个学生身后，那个女孩手里捧着个黑色本子，我看到她在上面画了我们的怪树——是"圆柱几何体"。在她的画本上我们的树没有根，仿佛是从一个看不见的地方生长出来的，可她画的树却让我有一种莫名的、不知从何而来的归属感；我看到她本子上的怪树不再嶙峋鬼魅，似乎正以一种无比确定的生命力应验着无论在哪里都能生活下去的信念。那个爱说话的设计学院学生说女孩画的不是我们的怪树，她只是把怪树放在了电脑场景里作为素材。我几乎是背诵一般地记住了他说的每一个字，这每一个字对我来说都是陌生的，却具有我从没感受过的吸引力。姥爷带着他们到了千佛殿，说我们今年春天去过北京，我们和他们有缘分。他们一起请了一炷高香，刚把玉米摆上供品台，不知从哪儿飞来一只乌鸦，在空中盘旋了好一会儿才停在其中一棵怪树上再不动了，待在那儿了。姥爷说，这是鸦儿坑飞来的乌鸦。学生们问鸦儿坑是什么？姥爷说，鸦儿坑是乌鸦守孝的地方，这准是其中一只过来给咱们报消息。学生们又问是什么消息？姥爷说是比咱们都古老的消息。又过了很多年——2022年——我到都柏林的第二年，漫天乌鸦如黑云压顶般飞过忻州这座城市的上空，它们在北方的夜晚显得异常沉默、凝重、庄严，仿佛一群来自远古的先知。姥爷在的话肯定会说这是那天停在怪树上的乌鸦招来的族人，它们能感知瘟疫和灾难，只是它们的话我们总是听不懂。姥爷此时已经去世十几年了。

你问我姥爷叫什么名字？我不知道，我不能给姥爷起名字，只有远古的先知才知道我们是谁。我在喝过爱尔兰的廉价酒之后也常常忘了自己是谁，那不重要。姥爷死之前的一年总是呼唤着所有人的名字：我爸妈的，爷奶的，太爷太奶的，老舅老舅妈的，怪树以及乌鸦。那几年的时间里，他常常整夜不能入睡，他说这些有名字的鬼魂一直在跟他说话，所以姥爷在白天很安静，白天的亮光遮蔽了那些有名字的鬼魂，而我们这些活着的人却隐藏了自己的姓名。最终，姥爷在呼唤中耗尽了自己，他听得太多，最后过于疲惫，直到疲惫到什么都不记得了。在他离开前的最后几天，他每隔一会儿就和我说同一句话：

"记得给佛祖上供。"

姥爷在咽下最后一口气（准确说，是呼出最后一口气）之前，突然想到了那个穿棕色帆布外套的学生，他当然不知道学生的名字，只记得他来自北京。这时是2011年，我在北京一所设计学院读应用设计专业，也和当时来庙里的学生一样穿上了帆布外套，只是姥爷在那次之后就再也没来过北京了。他说我能去就好，他就守着他们。

姥爷走的时候和爸妈不一样：他异常消瘦，皮肤苍白，夜晚的呼唤和对话抽走了他所有的血肉，最终只剩下一层皮和骨。大多时候，姥爷用一种我无法听懂的，以及我无法听清的（超越了我的听觉范围的）声音与语调和鬼魂说话，只有几次，我能听到姥爷说，你们走得太可怜了。我知道说这话的时候姥爷看见了爸妈 —— 他们走的那天躺在市医院病床上,两个人身体上布满深紫色的瘢痕,从头到脚从眼睛到小腿都又肿又胀。他们异常安静,安静得有些奇异,我是到了成年以后才知道当时那个每天吊在他们床头的输液挂瓶里装着的透明液体是吗啡,是这个东西让我爸妈获得了那种诡异的安静。在人们说回光返照的那一刻 —— 那一刻其实是静止的 —— 妈的眼睛一下子睁了起来,其中充满痛苦和惊恐,她突然看向我,挣扎着要握我的手。姥爷将我抱起,抓起我的手递给妈,妈的眼睛里瞬间充满泪水,但她肿胀变形的手却柔软而温暖。即使隔着胶皮手套,我依然能感受到那一刻的幸福。她轻轻和我说,举头望明月。而那时,爸已经先她一步在吗啡的虚幻镇静中走了。我才三岁,刚刚学会如何记事,妈上半年刚教我记住这首关于月亮的诗。那年是1992年。直到1992年年尾,人们把已经变形的爸妈的尸体运去北京"检查"的时候,才发现了"钴源"这个致命元素。那个东西就是我爸放在兜里当玩意儿捡回家的金属圆柱体。

现在,我发现并不是利菲河的月亮让我想起家乡和姥爷,而是夜晚的臭味,一种混合了二氧化硫燃烧过后产生的刺鼻的、发酸的臭味。我太熟悉这种气味了，我出生在那个生产"黑色金子"的省份，我经常想象一百年后，当这个古老省份所贮藏的所有"黑色金子"都被采光的时候，太行山脉必定会陷入一个无底的黑洞。我在姥爷的小屋里每晚都能闻到烧煤的气味，和此时包围着利菲河夜晚的气味一模一样——人们正是在这臭味中谋生、挣扎、呼吸和睡觉。现在，全世界都变成同一种气味了。

2022年，我刚搬来公司给租的公寓的第一天，楼下的看门人就很热情地告诉我他来自阿尔及利亚，他要我小心这里的吉卜赛女人，他说她们是丑陋的小偷，是骗子，是说谎者。我去圣殿区买酒和咖啡的时候已经很多次遇上过这些吉卜赛女人，她们看起来一模一样：长袍或是姿态；她们有时也朝上方或者前方喊叫，我无法听清，也注定无法听懂她们的语言。除了那一次——一年前的十月某个下午，武装警察在基尔德尔街附近区域的一个建筑里发现了二战时期遗留的爆炸装置。两个吉卜赛女人跑过我身边，我看清了她们的手，那是被爆炸物损伤过后残留下来的手，上面布满瘢痕却有着诡异的光滑感。那种光滑感来自不断被发现的遗留物：遗留的炸药，遗留的炮弹……这些遗留物在世界的每个角落，它们充满未知的危险，等待着被拆弹专家"处理"。某种意义上，它们和被我埋进海沟里的炸弹一样；然而这些遗留物一旦爆炸，它们的味道一定和包围利菲河夜晚的臭味一个样。那一次，我想，吉卜赛女人对我说的一定是个关于梦的预言。

　　自打从针灸诊所搬出来，我在夜晚不常看到他们了，也许他们只是发出一些声响，但不再现身，也许他们喜欢待在那个有活络油味道的地方。爸身上也有那股味。他在家乡那种地方算是手上有技术的人，工地需要接电线或者拆电线的活儿都找他，所以我以为世界就是一片明亮。我们家亮着各种各样的灯，爸知道怎么搭线能让这些灯在不费电的情况下永远亮着：白天也亮，晚上也亮。在我能想起的记忆里，爸是沉默的。他常常盯着屋里的亮灯：灯泡、台灯、壁灯、顶灯、射灯、地灯、荧光灯、霓虹灯、投影灯、马灯、应急灯、夜灯、安全灯。他盯着这些灯如同在数天上的星星，他坐在由它们制造出的亮光里，白日和夜晚都不存在了，他的影子也不存在。灯制造出的亮光充满我们家的每个角落，我也跟着爸默数，不过一会儿，我的眼睛就被灯的亮光晃得受不了，紧接着代替明亮的便是大片的阴影。

　　我至今也没能改掉开灯睡觉的习惯。夜晚对我来说不是黑的，只有在亮光中，我才能分辨出夜和梦。姥爷说这是个坏毛病，我跟他在庙里睡的时候他不让开灯，他说白天就是白天，黑夜就是黑夜。奇怪的是也只有那些年，除了怪树有时把我叫醒之外，在姥爷身边不开灯我也总能睡着。我至今也不知道姥爷是否知晓怪树在晚上化作鬼魂的事，或许正如他说的，这两棵"比庙还老"的怪树是保佑我们的。现在，我独自一人在这间冰冷的公寓里，没有姥爷也没有怪树，只有顶上的白炽灯发出刺眼的光芒。我听到隔壁有人在喘息，街上有人又哭又笑，楼下阿尔及利亚看门人还在打电话，窗外的风呼呼吹着，一声声击打着我们黑暗的心。

此时我一定在这白昼一般的夜里翻来覆去。被子总是不合体，我希望用被子裹住自己，然而侧卧的时候它窄一截，仰卧的时候它又短了一截，窗外的风不断从四面八方钻进来，就像很久之前怪树的影子那样。在设计学院里我们叫树是"圆柱几何体"，在 Maya 的建模世界里，第一步就是用圆柱创造树干。接着在树干上创建更多的几何体，然后拉伸、旋转，粘贴它们的肌理与年轮，最后用平面形状添加树叶。游戏中总是需要大量的树，仿佛只有穿越树林，人们才能抵达秘密、宝藏和敌人的所在之处。我善于在不同的场景世界设定里创造不同的树，我总能把树拉伸得恰到好处，然而每当我试图回想大佛庙里的怪树究竟是什么样子的时候，它们的影子就开始张牙舞爪，到最后我连那几个设计学院学生的脸长什么样子也记不起来了。我只看到了那件外套——我以为如果像他们一样把树制作成圆柱体，就能穿上和他们一样的帆布外套。那件外套看起来很结实，风和影子一定穿不透它。

在这里，爱尔兰的海风不仅能穿透帆布外套，也能穿透我们的身体。我又开始咳嗽，嗓子眼里堆满棉花一样的痰。我想找人问问几年前基尔德尔街遗留的那个爆炸装置最后怎么样了，并不是我对这件事本身感兴趣，我知道无论在哪里，武装警察的出动已经代表着对一个危机的安全处理（如果这个危机可以被定义为是危机的话），我只是想知道这个危机是否真的已经完结了。我开始咳嗽是因为今天在办公室，我们的德国同事，一个游戏配乐师摔掉了他的耳机，他说什么也不愿再参与"加速"的这个游戏制作了。他的脸憋得通红，胸脯一起一伏做着无力的喘息，仿佛才从一个没有人察觉的噩梦中醒来；他的眼睛翻向上方（办公室的白炽灯覆盖了整片天花板），和河边那些做出预言的吉卜赛女人看向同一个方向。他是这个游戏的配乐师，他的音乐有时让我确信我捏出来的那些树找到了生长的根，而我埋在海沟里的炸弹也总有一天真的会让这个世界灰飞烟灭。"加速"当天就让德国人走了，他们从不挽留任何一个在他们看来没有工作效率的人，但他们留下了德国人做的最后一段配乐，是教堂的钟声——我今天的工作是给游戏里的教堂建模，文案上说"这类建筑物的分布能使战争时期的情景显得更加逼真"。这是一座废弃的教堂，一半已经塌陷，另一半钟声响彻。我按照设计学院里老师教的那套步骤搭建教堂模型，这么多年面对任何游戏场景，面对任何巨大的建筑我都遵循着这些相同的建造步骤，一步一步，由点及面。在这过程里，我不断回到姥爷在的地方，我回忆大佛庙的大小和结构：灰尘、光晕、没有头的神像。但我却没有看到怪树，怪树不在那里。我已经开始怀疑自己的记忆了，庙里是否真的有过那两棵怪树？设计学院的学生是否真的来过？姥爷是不是真的说过那些话。

我不了解自己的记忆，我也不了解音乐。"加速"说他们这两天得找个人来把音乐写齐整，德国人的钟声配乐缺少一个庄重的结束音调，他们想让玩家在这教堂里身临其境，所以教堂必须配上完整的庄严曲调。我不知道他们还能找到谁来替代德国人，我喜欢那突然中止的钟声。正是这突兀的钟声让教堂模型和大佛庙这两个建筑物完全重合，不分彼此。或许我记忆中的大佛庙本就是这座废弃教堂的样子，在缺少了结束音节的、不完整的祷告中昼夜更迭。

就在我想把教堂里牧师的黑色外套换成深棕色的时候，我的咳嗽发作了。卡在我嗓子眼里的浓痰终于进化成了病毒，它们是从洪荒时代起就和人类共存的病毒。它们寄宿在我们的身体里，以极其微小的体型迷惑我们与我们共存；它们等待时机的成熟，一旦爆发就全面侵蚀我们的身体系统，我们在与这些微型病毒对抗的过程中产生沮丧、产生能量、产生抵抗力。我们像试图用沙子埋藏饮料瓶的孩子一样试图掩盖它们发作后的遗留痕迹，而它们好像战争中被掩藏起来的，还没有被人们找到的炸弹那样，与时间玩着关于死亡的游戏。一定是因为这来自远古的病毒作祟，我听到了钟声后面轰鸣的警报声——紧促刺耳的低频音调，强烈而坚决，穿透屏幕企图唤醒什么；那声音如同一大群巨型蜂群，用振翅发出风暴一样的低吟。来自全世界的玩家将投入到这场找寻海沟炸弹的游戏中：他们将砍伐树木建造军营，发展科技制造武器，直到没有尾音的教堂钟声响起。

据说这世界大部分事物是靠振动存在的，我们看到、听到、闻到的感觉不过是一种极其有限的误解和错认。这个世界无时不刻不在向我们发射着无穷的信息和暗示，我们毫无察觉，我们不能察觉，一旦察觉，我们将被自己的感官裹挟，毫不倦怠、毫无保留地去接受全部信息，直到精疲力竭疲惫至死。

我无数次设想，如果那时爸口袋里的金属圆柱体能够发出响亮的警报，一切都不会发生。1992年年尾，北京来的人从我们家里找出了那个金属圆柱体，它和一堆灯泡一起放在爸的塑料工具箱里，谁也不会想到这个不起眼的东西竟默默释放出了比整个屋子的灯发出的亮光还要大无数倍的能量。姥爷临死前几年，我们把爸妈的老房子卖了给我上学用，直到那时候，还有几盏小灯泡亮着，持续发出"嗡嗡"的电压声。我从来没有关过这些灯，它们是爸制造出来的亮光。他们把爸妈运到北京之后就再没有还回来，也没有骨灰盒，没人知道他们在哪儿。每年清明节，姥爷带着我给庙里的佛菩萨上香的时候,那一天,姥爷亮起庙里所有的灯,说你爸妈能看到。所以我一直觉得清明节是最亮的一天,那一天没有影子。我也一直以为北京是最亮的地方,因为爸妈在那里。

人们来庙里求的东西不同,用的方法自然也不同。好多人来这里求官,他们就买成筐的水果(桃子李子什么的)来上供,也会捐些功德钱;乡里人一般就来求个保佑,和姥爷一样放玉米、上香;然后就是大城市来的大学生,他们对建筑、石头和树感兴趣。有时也会来几个坐轮椅的偏瘫,或是眼睛看不见,脸上莫名扭曲抽搐的人,其中有一个是爸妈住院时候的护士,她因为钴辐射损伤了脑神经,见人只懂张嘴不能说话。她一进庙里就跪下磕头,然后开始哭。她哭的时候脸上皱成一团,眼睛不停向上翻动,嘴大张着发出"唉""唉"的音调,没人知道她在说什么,她想祈求命运给予她什么。

这几天我突然想起了她,姥爷去世之后我就再也没有见过她。我想起她发出的没人听懂的音调,那是我们总要承受的命运。今天我莫名其妙在指甲盖高度的台阶上绊了一跤,就在土耳其咖啡店后面的那个巷子里。今天从上午开始就乌云密布，天空低得仿佛要在一瞬间侵吞掉整个城市，让白天陷入黑暗。我有些心烦就出来买咖啡提神。我突然进入了某种忘却的状态，那一刻我忘了为什么走路为什么在这儿，忘了我是谁，我努力从可能的记忆里搜寻答案，然后我就像踏上了一个隐形的、巨大的炸弹装置——遗留在我身体里所有不幸的辐射被完全引爆了出来，终于。完蛋了。我听到"嘎嘣"一声，连接我下半身的某个中间部位被那个只有几厘米高的台阶震裂，有可能只是一个极小的神经或是关节膜，紧接着是一阵刺痛，再接下来我就感觉不到任何疼痛了，只有一阵巨大的、寂静的恐惧，和更加可怕的麻木，我没有用比喻，我说的是真正的身体上的麻木。我看到路上的行人纷纷向我跑来，我看到自己被人们叫来的救护车送往医院，我看到医生白色的大褂，我看到自己完蛋了。

我完全可以玩一个花招，比如从我坐在轮椅上开始讲述这个故事的第一段，这只能激发起你们因相同的肌肉和生理构造而引起的虚构的同理心，于我没有任何差别，更不会改变我任何的命运走向。我也不会坐在这椅子上回忆什么，回忆这个动作对我来说太费力了，我只是想讲一个意外而已。

我学会了坐在轮椅上继续给"加速"制作他们的世界。对我来说还没有那么糟糕：我没有死，没有女人，也没有孩子。公司给我上了保险，所以我后半生都可以在一个轮椅上工作，他们并不在乎你到底坐在哪里；而且我现在连咖啡和廉价酒都无法随时起身去买，只能全身心投入到"加速"的世界中，至少在那里，世界由我创造。自此我成了这样，似乎所有像我一样有身体缺陷的人一下都冲出来走上了大街，也许他们一直都遗留在我们身边，像上古的病毒那样，等待被我们发现，提醒我们他们的存在。好了，现在我成了残缺不全的人中的一个 —— 一个不能控制自己身体的人。我发现他们（我们）有无数种表达自己的方式 —— 抖动脸上的器官，持续地摇头晃脑，摆动自己的手或脚 —— 我们正是用这样的身体来祈求命运垂怜，来表达对这个世界的全部意见。

我现在的睡眠时间变得很短，一晚上要醒来好几次。有时他们的鬼魂又会一下子出现在我床前，然后一下子消失。其实大多时候我是坐在轮椅上睡着的，反正对这样的我来说，坐着和躺着没什么区别。听说上古的神兽也是磐然不动的，他们靠眼睛的一睁一闭决定了白天和黑夜，虽然这已对我没什么意义了，我能感受到黑夜盘踞在我胸口久久不离去。我开始关掉夜晚亮着的白炽灯，学会了在黑暗中缓慢呼吸，也学会了给夜里的房间打上虚拟网格，就像我在设计场景时所做的那样，我开始注意到很多东西一直堆积隐藏在暗处时刻观察着我们。比如，我看到他们的影子此时有了身体，他们的身体忽明忽暗变幻莫测，然而那样的身体却是完整的，一丝奇形怪状的残缺都没有，他们对身体的控制远远超越了我们；他们把黑暗当作广袤原野，在上面放声歌唱，这些声音一旦被我们听到瞬间即化作沉默。

阿尔及利亚看门人走了，没人知道他去了哪里。接替他的是一个被头发遮住一半眼睛的印度人，他和我说话的时候散发出一种刺鼻的、却极具幸福感的香料味道，他的左手有六个指头，他和我说，这是卡利女神的祝福。我自然无法理解他这句话背后那个若隐若现的印度上古世界，但我却牢牢记住了这位陌生的女神，仿佛在印度看门人伸出六指的那一瞬间，这股近乎毁灭的创世力量将我们牢牢联系在了一起。创世女神也是毁灭女神。而那股力量来自我们这些残缺不全的人，我们这些脆弱的人从最卑微的内心涌升而出的力量。

新看门人不打电话,他的桌上没有摆家庭合照,虽然我们可以想象他来自一个比阿尔及利亚人更庞杂、更冗长的家族。他的桌上扔着半盒皱成一团的烟、几张欧美歌星的明信片、一个印有"Dublin"字样的绿色帽子。他可能刚来这座城市,单身,还很快乐,还不知道时间很快会像漏斗里的沙子一样在刹那间消散殆尽。"今年才刚开始。"这个快乐的印度人朝我喊道,他试图搭把手帮我把轮椅推进电梯间。他显然从没干过这样的事情,动作显得莽撞而幼稚,最后我俩在一种奇怪的、无言的角力中终于把我自己弄进了电梯里,他按下按钮的那一刻,我想起了阿尔及利亚人,也想起了今年早已过了大半,我对他说:"祝你有个美好的夜晚。"

自从我在轮椅上给"加速"制作游戏世界,我的时间就已经从网格中逃走了。我就这么样在分不清白天还是夜晚的白炽灯里待下去,虽然现在我在晚上会把灯关掉。整个屋子回荡着爸那间老屋里的电压声——嗡嗡,嗡。也许我将在这种状态中发臭,发霉,死去。虽然我的心脏和头脑都健壮得很,我却清晰地认为我正在一步步逼近死亡。这周他们将要进行一次游戏模拟，我将亲眼见证自己埋在海沟里的那些炸弹即将造成一场大规模的死亡——他们将这称为胜利，而这胜利是我被允许坐在轮椅上工作的保险金。我突然察觉原来我和死亡的距离如同海沟里的隧道：黑暗的，明亮的，一切都是可分解的，一旦分解停止，那静止不动的尽头就是死亡。在死亡面前，我们看起来如此相似——阿尔及利亚人和印度人，爸妈病房里的护士和吉卜赛女人，姥爷和房间里的鬼魂，怪树的影子和乌鸦，我和海沟里遗留的亮光——虽然死亡尽头的路不过还是虚无的反射。我想起了那两个吉卜赛女人（有很长一段时间没见过她们了），她们也是残缺不全的人，她们在月亮下的预言也许是深刻的诅咒，关于梦，关于时间，关于死亡。

我听说就在2023年11月23日，一个阿尔及利亚移民在奥康纳街用刀捅伤了五个人，那天晚上是满月，都柏林的青少年烧掉了有轨公交车表示抗议，没人知道他们在抗议什么，因为人人都知道他们抗议的只是这个世界。在新闻照片里，捅人的那个移民和阿尔及利亚看门人长得一模一样，他是他本人，是他的儿子，或是他庞大的家族中的一员，都不重要了。

　　因为我们就是这个世界。

2023年12月15日
初稿于　都柏林
2024年1月6日
完稿于　北京

逃逸线

某个十一月的夜里，男人从他的梦中醒来，便再也无法入睡。他甚至没法摆出正经的睡眠姿势——他的头歪七扭八地倚在火车座位上，右手臂早已被身体重量挤得麻木没有知觉。这是一列去往海城的火车，越往海的方向行驶，火车上留下来的人就越少。男人坐在几乎空无一人的车厢里，试图回忆自己究竟在这火车上待了多长时间。他可能在三十五岁上下的年纪，但看起来极度疲乏，他耳朵后面的头发都变成了白色，这让他看起来像一种短脖子的海鸥，或是一只没有脑袋的麻雀。

他记得昨晚（或是前晚），他给一个老人讲述了关于"世界图景"的故事。老人说自己是这列车下一班的值班司机。老人应该没有说谎，他手里抓着一顶陈旧的列车员帽子，上面带着盐风干后留下的白色痕迹。这顶镶有金色麦穗和红色织带装饰的帽子让男人想起另一个故事，一个关于海水、神庙和女人的故事。他应该还没有给老人讲到这个故事,因为"世界图景"占据了他们谈话的全部时间。其实他也不能确定自己究竟讲了多久,他每次在讲到"我"进入东方森林的时候就开始混乱,他在这段故事里无意识地变换了人称,也变换了讲述的时态。分配给他这项翻译工作的代理人说海城一点也不远,这是他接受这项工作的一个原因,一个唯一的原因。他无法进行长途旅行,并不是体力的缘故,他发现自己在长途旅行中会丧失感知时间的能力,这会让他陷入一种如同短暂失忆的境地:遗忘,丧失,溺亡。也许是刚才,也许是昨晚,老人早已离开了他,男人却恍然火车不知何时已再次出发。当他在故事中迷路的时候,这火车曾到达过海城站,曾返回过起始站,又再次出发了。火车毫不厌倦地重复着自己出发与到达的路线,它以某种绝对的、循环往复的线性运动勾勒了时间的不确定性。

终于在下一个凌晨,火车再次到达海城站。这次,男人下了车,谨慎地收起了故事的结尾。他给别人讲故事的时候从不讲结局,他认为(根据他的经验)人们总是在结局前就下了站,并没有人问过他故事的结局究竟是什么。旅途中的故事对所有人来说只是一种消遣,一种打发时间的方式，他们想听的只是一个开头。

海城的居民走路都有些瘸。他们一脚深一脚浅地摇来晃去，以此来缓解世世代代的风湿带给他们的肿痛。每到中午，患有风湿痛的居民们便集体出动，他们从海城的四面八方钻出来，摇摇晃晃浩浩荡荡地往海滩走去。这是一天里阳光最充足的时候，他们相信正午的阳光能蒸发体内的湿气，虽然大多时候伴随阳光而至的海风只能使他们的骨头变形得更加厉害。黄沙从这些横向行走的居民中间穿梭而过——他们被某种强大不可见的命令完全调节成了一个缓慢沉重的、频率一致的方队——她并不赶时间，她只是厌恶他们的庞大与单调。黄沙是居民中少数拥有一份自己工作的人，她的工作是每天中午给西边监测站的廖站长送午饭，晚上再把盛饭的用具（很多时候饭几乎没有动过）拿回来清洗干净。

廖站长是二十三年前来的海城，那一年黄沙出生。廖站长是个沉默寡言的人。海边出生的男人大都不爱说话，他们保留着一种古老的语音语调，这让他们说话的时候声音变得极其嘶哑，像这里一种名叫刀嘴海雀的鸟发出的沉闷吼叫——这种叫声通常用来向外来的入侵者发出警告。

廖站长和他们不同，大概由于他本是外来人的原因，他的声音很细很软，海风的声音经常盖过了他的声音，黄沙就只能依靠廖站长的神情而不是嗓音来分辨他的意思。

从南边居民区往北走，经过老炮台遗址往左转到西边，垃圾山后再过一个钢筋桥，就到监测站。小时候，在黄沙的父亲还愿意给她讲故事的时候，她一直相信监测站是故事里的黑太阳神庙。她到现在都可以背诵这个故事：

海城供奉着黑太阳神的神庙。黑太阳神喜欢制造疯狂，制造一种微光。他选中海城的女人赐予她们疯狂的魔力。被选中的女人在外表上看起来和别的女人没有区别，只是一到夜晚她们便发狂跑去海边，大口吞咽海水，或脱光衣服在浅滩打滚。他要求赤裸无瑕的身体如同自己的倒影。人们把发过狂的女人抓起来关在神庙里供奉黑太阳神。直到有一天，整个神庙消失不见了，神庙的空地上出现了十个女婴，正是之前被关进神庙的女人们的数目……

这个故事是写在一个蓝色塑胶皮笔记本上的，父亲的字迹工整细密。对儿时不懂事的黄沙来说，这个笔记本记录了世界的全部秘密，这个世界所有故事都在这本蓝色笔记本上。圆形房屋是神庙，故事是蓝色——她始终想不起来结局是什么——她在记忆里背诵这段故事，故事就在记忆里变得无边无际。从前年给廖站长送饭起，她才意识到父亲并没有在笔记本上写下任何结局，也正因如此她才能记住这些失去结局的故事。有时，廖站长使她想起父亲，他们是海城唯二不喝酒的男人（或许还有"灰先生"），他们身上没有那种发酵过的、腐败的酸味，他们从不在漫长的夜晚低声吼叫（没有语词的）。

父亲曾经也和廖站长一样，有着外来人那独有的、柔软的声音，虽然他们说话越来越少，似乎被这里的海浪和风沙吞噬了他们原有的语言。从几年前开始，黄沙的父亲陷入了彻底的沉默。

现在父亲也加入了那支庞大的、晒太阳的队伍。父亲一直以来都很瘦弱，从他不说话那天开始，他的皮肤也变得越来越蜡黄，越来越像炮台遗址上那座戴花翎官帽的黄铜雕像。也许是因为单薄僵直的身体使父亲躲过了风湿的纠缠（湿气总是在厚实柔软的身体里才能存留），他走路依然像是沿着一条看不见的、笔直的直线前进，这让他在摇摇晃晃的人群里显得孤单而滑稽。他走得很慢，每走一步都小心翼翼，好像每走一步都要经过仔细丈量才能不偏离自己划定的直线。

　　海边的所有东西发出的声音都是巨大的 —— 风、沙和机器。父亲如今和这些晒太阳的海城居民们一起坐在码头旁的空地上，大家随身带了自家常年备着的那种棉麻坐垫，而父亲铺在屁股下面的是一张揉得皱皱巴巴的旧报纸。他们自动坐列成行，因为父亲是后来才加入的，所以他的位置在左侧最边上的一对夫妻后面。海面上，蓝色自动化桥吊用巨大的臂膀掠过地平线回身抓起导引车上的集装箱，装回到货船上，再抓起再卸下。桥吊就像一具庞大的恐龙骨架，伴随其来的机器滴滴声以及集装箱碰撞声是它没有生命的心跳。这些声响的合奏没有强弱没有快慢变化，只是一遍又一遍地重复，没有开始也没有结束。人们被这些声响完全覆盖了，耗尽一天又一天的时间，观看这些五颜六色的集装箱各归其位。奇特的是，这样的观看和举动在机器的重复声响中竟有一种说不出的乐趣，充满无尽的悬念。父亲仿佛也为此着迷了 —— 就像他第一天来海城，正是这样枯燥又纯粹的绝对秩序让他震惊，让他动弹不得。

　　操作桥吊和集装箱流水线的是"灰先生" —— 海城居

民这么称呼他们，使用了彼此都听得懂的形容——显然，因为这些人终年穿着灰色的制服，这种颜色掩盖掉了被盐分过大的湿气所蚀蚀的留在布料上的泛白痕迹。在居民眼里，这种灰色是复杂的、不可触及的，如幽灵一般虚无缥缈令人不能接近。

"灰先生"们住在东边，他们住的地方也是灰的，海城居民叫那里"灰区"。黄沙只知道他们很早之前就住在那儿了，比母亲出生的时间还要早，可能和集装箱以及那些桥吊差不多是同一时间来的。也没人真正说得清他们是哪年来的，他们不和海城居民来往，海城居民也认为他们是"外人"。或许海城居民其实记得"灰先生"们过来的年份，但他们选择不说或者索性忘掉，时间在海风中本就是随意的。在海城居民眼里，他们更愿意把那片水泥墙后面的地方看作一个不同于他们的、冰冷奇怪的世界：那里有灰色的楼，灰色的工厂，灰色的医院，灰色的食堂；还有人说那里还有灰色的树，灰色的草和灰色的麻雀。每天清晨，三辆大巴车带着"灰先生"们来到码头，他们钻进桥吊和集装箱的操作室里命令所有机器发出声响、让集装箱像听话的积木一样运动，到了晚上，他们又钻进大巴车回到水泥墙后。他们制造出能震动整个海洋的声音，却整日不发一言。根据几个和他们打过交道的海城居民的说法，"灰先生"们说话的声音比廖站长还要细，细到像是铁丝发出来的声响，因此即便在海城，他们也不得不依靠翻译的帮助才能明白彼此的意思。

黄沙的父亲就曾经是出于这样的缘由而被请来的一位翻译。

"灰先生"们住的地方没有小孩。有人就说，"灰先生"们生不出小孩，那些机器发出的声音使他们失去了生育能力。还有人说，他们在东边住的那片地方一点生气也没有，当然不会有小孩。几个海城居民的孩子证实了这一点：有一次，起先是为了过去看看灰色的麻雀长什么样，好玩儿的话逮一只回来。这些孩子钻过架在码头的铁丝网，躲在大巴车后面，跟着车到了"灰区"，一直等到灰区的灯熄灭，他们在灰区探索了一番。据他们说，"那里是个死水潭，没有灰色的麻雀，没有小孩"。海城居民对这些偷越边境的孩子所证实得到的结果很满意，这证明他们确实早已掌握了关于"灰先生"的所有秘密，尽管这些秘密和他们毫无关系，但这个确证却让他们感到一阵庆幸。然而那些孩子却很沮丧，他们说不仅见不到灰色麻雀，连灰色的树都没有，他们只能在光秃秃的水泥地上爬行，以免让

"灰先生"发现他们的闯入。

父亲对黄沙说过，"灰先生"掌握着只有外面才能学到的机器语言，所以他们每到一个时期就要回到外面再换另一批人来，因为机器系统需要不断更新，所以他们的语言也得不断更新。这是很久之前他做翻译的时候从老列车员那里听来的，那天晚上他给列车员讲了自己笔记本上的故事，列车员就告诉他"灰先生"们总是坐火车来坐火车走。很多年后，当父亲再次想起那个头戴金色麦穗红色织带帽子的老列车员的时候，他才发觉其实列车员那时已然对他要讲的笔记本上的故事了然于心，就像是在过去和未来他早已听过了无数次一模一样的故事，一切故事都是重述，一切重述不过只是复述。

今天的海风捉摸不定，可能是台风要来的关系。从廖站长那里取回盛饭用具后，黄沙便跑到监测站后边的那片沙滩。那片沙滩上没有人，居民们从不来这一带，他们出海捕鱼仿佛已经是一个世纪前的事情了，从前的灯塔早已换成了监测站，有时他们完全忘掉了监测站的存在，甚至还有一些年轻人以为监测站里住着的也是"灰先生"，总之是和他们不一样的人。每到海风要变得猛烈起来的时候,黄沙就来这里寻找苔藓——苔藓长在断掉的树根上,而这片沙滩有着整个海域最多的、断裂的树根。这些树根是被海浪冲刷而来的,它们或者是从悬崖或陡坡上滑落到海里,或者是被风暴吹倒漂流到这里。小时候,父亲曾带着黄沙一起来这边寻过这些树根,那时父亲还依稀能辨认出一两种这些来自异国的树根:黄沙记得,有杨树,有柏树,再多的她就记不起来了。她从断掉的树根上数着年轮的不同形状,不同大小,她发现并不是树根越粗年轮就越多,有时形容枯槁的一段树根上竟会长满百条年轮。黄沙总是用最轻的动作刮下长在树根上的苔藓,她相信这些树根依然具有完整的灵魂,它们待在这里,只是为了日夜守望自己曾经的故土,她甚至觉得,每到风暴要来的时候这些树根还会发出低低的叹息声。

海风开始呼啸,海里的波浪随着风跳跃汹涌起来。

"快关门!有风。"

她一到家,母亲便尖声叫起来。父亲仍旧低着头,身体僵直地走去把房门默默关好,拿出那只有了年头的小黑锅在灶台上加热。母亲出生在海城,但她厌烦海边的风,风让她头疼难忍,让她全身浮肿;先是讨厌风,后来讨厌所有的飞虫,她认为飞虫是被风吹来的。黄沙几乎忘记了母亲的这种情况是从什么时候开始的,她隐约记得,从一个风暴来临的夜晚开始,母亲就变成了一副将全身裹成严严实实的样子,她吹不得一点风,逐渐地,见不了阳光以及各种小飞虫。居民们说这是一种最奇怪的、最古老的风湿病,是很久之前一个灯塔(现在是监测站)守塔人留下的病。这病是灯塔的诅咒,治不了,只能用树根里的苔藓缓解,要想彻底治好这个病只能离开海城,但从来没有人试过。黄沙把清洗过的苔藓倒进灶台上的小黑锅里,很快,加热后的苔藓就蒸发出一股海腥气,夹杂着土壤和木头的气味,母亲欲裂的头疼在这气味中得到了些许缓解,在父亲的搀扶下又回到床上躺了下来。最近,母亲身上的浮肿似乎又重了一些,每到风暴来临的日子便是如此。骚动的气流和周围极速下降的气压让母亲透不过气来,她的眼神中有一种无法言喻的恐惧,仿佛那一刻只有她知晓某个别人永远无法穿透的秘密。无助、孤独、无能为力,所有人都被困在没有目的的、也无法逃脱的恐慌之中。当气压降到最低点的时候,将有暴雨来临,一切将再次被释放、平息、恢复。父亲一遍又一遍在苔藓燃烧的气味中摩挲着母亲的双手和双臂,试图用这样的方式来减轻她的不安与身体的肿胀感。

不知从什么时候开始，黄沙已不再觉得父亲软弱，虽然他从未高大过。她想象他曾在某个冬天的夜里坐上开往海城站的火车，除了擅长讲故事和会一些翻译之外一无所有。他曾是个快乐的年轻人，世界在他眼前展开无限的、梦幻一般的样貌，他行进的前路充满希望。他把自己看作一个使者，拥有转换梦境和语言的能力，他心怀信念，对此感到十分满意。他从不喝酒，因为不喝酒是职业翻译的首要信条——他们的任务在于促进沟通，而不是窥探隐秘；然而酒这个东西常常以不可捉摸的神秘力量示人，如同巫术一般，诱人奔向疯狂的边缘。即使在他的内陆家乡，酒也被视为一种禁忌，那里的居民很少饮酒。他甚至听说过，"灰先生"在集中培训期间不仅掌握了机器语言，同时也被移除了身体中分解酒精的酶，这样他们便"天生"无法喝酒，和他们的机器一样，不会犯错，也不会迷失。

而海城的人却生来酒量极大，他们把随着"灰先生"操作的集装箱一同运输而来的大批酒精视为"内陆的礼物"。酒精加重了他们的风湿病，让他们的嗓音更加粗哑，身体更加沉重，他们无法工作，也无法学习"灰先生"所掌握的知识；作为海城出生的人，他们只能驻守在这里，在海边代代繁衍下去，动弹不得。在父亲的故事里，海城的力量来自黑太阳神庙。父亲并没有编造,在海城居民极其古老的传说里,似乎确实有那么一座神庙,但现在他们早已不再供奉什么神灵了,他们不需要出海,自然也就不需要求得什么保佑。或者在他们最难以接受的事实中,"灰先生"已在某种意义上成了他们新的、所依赖并唾弃的神灵。

于是父亲的翻译工作开始变得不再重要,不是因为海城居民和"灰先生"竟然能搞懂彼此的意思(永远不会),而是因为他们几乎不再沟通。从前,他们需要父亲凭借语言来消除的是彼此间的恐惧、不解与惊慌失措:比如,这些矗立在海边的桥吊和机器是用来做什么的;他们为什么不再需要向黑太阳神乞求保佑;他们也学会了一些事情,比如,收集各种包装袋。母亲在没有得那种风湿病之前也收集了很多包装袋,黄沙就在家里的一个木箱子里找到好多。这些包装袋来自"内陆那边"。每到周三和周五,成批的包装食物、酒、饮料和罐头随着集装箱运到海城来,上面印着各种文字,绘着各种图案,有各种好看的男人和女人挥手微笑,无论里面装着的是什么,这些包装无一例外地光滑、诱人、绚丽。那时,海城的女人和孩子们热衷收集这些包装袋,黄沙的母亲因为有父亲对内陆语言的精通，成了对包装袋最知识渊博的一位。人们常拿着包装袋来找她问"这里面是什么""这个东西怎么吃""这是从哪里来的"，对于此类问题，母亲对答如流，这让她在海城居民中间获得了些声誉。与此同时，随着海城居民对包装袋的好感增加，他们也从一种奇怪的联系上接受了"灰先生"，于是就有了这样的景象：白天，当"灰先生"在海边操作桥吊机器的时候，海城居民就坐在旁边，观看、聆听着这一切。机器的声音和包装食物令海城的时间走得飞快，父亲在某一天突然变得沉默寡言，他发现，终于没有人再需要他翻译什么了，就连包装袋上的文字也不需要了。

当父亲变得沉默的时候，黄沙认为父亲是所有人里最软弱的一个，比那些海城居民还软弱。甚至在母亲刚患上那古老的风湿病，由于身体的肿痛而变得脾气暴躁的时候，父亲也只会默默地坐在一边，什么都不说。他本来就是那个坐上了开往海城的火车、除了讲故事和翻译之外一无所长的人。父亲既不加入居民们的海边观看队伍，也绝不是"灰先生"们其中的一个。黄沙想起，有很长一段时间，他陪着母亲一直待在家里不出门，母亲躺着，他只是坐着。海边的时间是仁慈的也是残忍的，即使只是坐着，父亲也变得越来越苍老、瘦削，更加不发一言。

除了笔记本上那个黑太阳神庙的故事之外，父亲对关于海的知识似乎一无所知，虽然他从没有教过黄沙内陆的语言是什么样子的，但黄沙早已从他和廖站长那种不同于海城人的、细软的嗓音里听懂了他们的话语。她懂得廖站长说的话，廖站长虽然寡言，但他却知道一切关于海的知识。黄沙从他那里学会了如何依靠海岸线的曲度大小辨别自己所在的位置，还学会了如何通过云层的形状、颜色和厚度判断天气，还有太阳、月亮和星星，它们都是海洋的言语，大海总是在言说关于自己的一切。海城的女人其实听得到大海的言说，只是大部分时候她们不小心忘记了而已，也有像黄沙母亲那样的女人，因为听到了太多大海的秘密而被古老的怪病纠缠不已。

有几次，黄沙确实想问问廖站长关于太阳神庙的事，但自己又觉得荒谬，再加上忘了开口，就一直没有问。黄沙还想问廖站长为什么他知道那么多关于海的知识，其他地方的海和这里的一样吗；还有，每一个给监测站送饭的女孩是否都像她一样听得懂他们的话。后来黄沙也觉得这些问题问和不问都没有什么意义，就像在母亲发病最严重的时候，她曾经想过搭上父亲来的那列火车离开这里，这么一想一晚上就过去了。第二天母亲熟睡的呼吸声、父亲的静默和海边永不止息的风声又把她重新带回海城。一切都不曾改变，只有衰老、病痛同海边飘零的树根一样无声地腐朽、烂掉。海城的居民说廖站长之前（他们忘了是几年前，五年，或者十年）被送到"灰区"做了个手术，好像是把肺换掉了。黄沙有时也注意到廖站长纤弱的声音里突如其来的沙哑。她无法想象这个手术是怎么进行的，她只知道海边的人都有一个强大的肺，这个肺让他们躲过风沙，躲过意外，躲过漫长岁月的侵袭，粗粝但生生不息。但是像廖站长和父亲这样从外面来的人，他们的肺是不是永远无法逃脱被海风毁掉的命运？"灰先生"呢？他们或许像机器一样坚硬，他们的知识也许告诉了他们所有关于生命的秘密。

廖站长没有妻儿，没有其他家人，他并不是海城人，也不来自内陆。他说，就连他自己也不知道为什么义无反顾地来了这里，据说坐上那列火车的只有翻译和他。自从他第一天来到这个监测站，就知道自己将在此处终结。他和前任监测站站长一样，因为不适应这里的海风而患上了严重的肺病。医生说是因为海城的风里盐度过大，廖站长知道这只是一种诅咒。在换肺手术中，他意外地看到自己在中途醒来了（很快，或者只是他的幻觉），醒来的这几秒间他看到医生把自己的肺从胸腔中取出，是一个倒置的三角锥形，这一景象既奇特又叫人战栗，如同亲眼见证了自己的灵魂出窍。然后他就继续昏迷下去，像昏迷了一个世纪，直到被医生叫醒，他们说他现在有了一个"强大的肺"。从此，他带着新的、不属于自己的"强大的肺"一直在监测站待了下来。他时刻记录着一切细微的变化：风，沙，太阳，月亮，星星，海潮，飞鸟以及各种生物的尸体，他需要时刻留意监测站的秘密不被海城人发现。

尽管有时，廖站长也忘记了这座监测站的真实作用，也许是因为在他记录下周围一切变化的时候，他竟把自己真的当作了一个叙事者，一个讲故事的人，总有一天他会坐着一艘小船漂泊海上，给内陆的人们讲述关于这个世界的故事。多年前来海城的火车上，他听到一个翻译在给列车长讲故事，男人讲得很慢，不断重复前面说过的句子。听到一半，廖站长便睡着了，在梦里他似乎看到监测站变成了一个黑色的神庙，里面供奉着一尊全身漆黑的巨大神像，神像四周是一群半裸的少女，她们吞咽着海水，闭着眼睛绕圈奔跑。"我们只有在死亡的那一刻才能看到自己的脸"——身后那个翻译的声音让他从梦中醒来,原来是梦话,廖站长把衣服裹好试图再次睡去,却清醒了一整夜,直到地平线上的太阳升起,廖站长看到太阳最近的那层光晕与海平面重叠在一起,是黑紫色的。海城到了。

黄沙又一次误过了海边的日出。父亲说他刚来海城的时候独自一人去看过日出,那是他人生中第一次在海边看日出:他记得太阳刚要升起的时候,光线明亮、刺眼,连同他的眼睛一起,一切都是炽热的,然后毫无征兆地,一瞬间太阳就从海里钻了出来,它的光芒弥漫在无限的海平面上,将整个世界笼罩,父亲说那一刻他得到了最深刻的一次感动。黄沙只有在很小的时候为了凑热闹和海城的孩子们一起去看过日出,她不理解父亲的感动,或者是因为那些孩子们在她身边吵吵嚷嚷,所以她记住的只有日出时刻那片刻不安的潮水拍打在海滩上留下的一串串泡沫,还有在光影中翱翔的海鸥,那些海鸥,总是在清晨阳光照耀的海面上极速盘旋,振翅高飞,故意飞向太阳最热的光晕,势必要将自己的身体全部熔化其中。所以父亲说,"她们"终究和他不一样。

母亲今天消了些肿，但她说她的脑袋里有麻雀叫。父亲的眼睛闪烁了一下，黄沙不知道是什么意思。在海城是很难见到麻雀的，但她曾在西边监测站那里见过一只，更确切地说，是一只麻雀的尸体：躺卧在监测站后面的沙地上，毫无动静，灰色的身体僵硬，羽毛凌乱，四肢收缩，双眼紧闭。当时她迅速地偷偷将麻雀尸体埋进了沙地里，仿佛这样做便能让这只迷了路的小鸟稍微暖和一些。母亲用手拍打自己的头，她说脑袋里的鸟吵得她头疼，父亲握住了她的手，帮她堵上了耳朵。的确，母亲真的听到了——更大的一场风暴将要来临，用廖站长的知识来推算的话，还有一场可怕的冷风将带来骤然降临的寒冷。

黄沙不知道的是，廖站长也有一个蓝色的塑胶皮笔记本，上面记录着飓风季节里他为不同的风暴起的名字。他自然是孤独的，也正因为这样他才在这监测站里住了下来。监测站里的气味千变万化，大海的每一次呼吸都滞留其中。廖站长并不需要通过一层的那些机器设备来解读大海的预言，盘旋在这个空间里的咸味、腥味、金属的涩味、木头的腐味还有电闪雷鸣的气味毫无保留地倾吐了一切。飓风季节里，这些味道变得更加复杂深沉，他需要仔细辨别才能找到每一次风暴带来的名字。在别的海域也许有他们的一套命名系统,比如"艾尔莎""龙王""海棠"这些异常浪漫的名字;他也有自己的起名方式,每当他把这些名字写下来的时候,他就会想起火车上的那个翻译,他们正是扮演着同样的角色,讲述着同样的故事。

他数了数,已经有二十三个名字了。这一次,将是一场巨大的风暴,海风中沙哑凌厉的喊叫,还有监测站后面那片黑色沙地里比死亡更冷冽的沉默已经告诉他"太阳神"来了。他知道当"太阳神"风暴来临的时候,将是他与监测站告别的时候。离开之前,他还要做一件事情。

他来到后面的那片沙地上,远处的太阳已被黑色的海水彻底吞噬,没有边际,没有残余,没有告别。在这个被遗忘的地方,他是唯一的见证者,是唯一的信使。刚才他从床下旧行李的夹层中拿出了那包灰色粉末,这是每一个监测站站长的最终责任和最大秘密。他把灰色粉末撒在沙地上,只需要打火机擦出的一点火星,整个沙地就会燃烧起来。沙地下面埋着的是"灰先生"的尸体,他们从不回去,一旦他们的技术过时就意味着生命的瘫痪和报废,于是每过一段时期,在下一批机器需要操作升级的前夜,他们就悄悄来到这里,把自己埋在沙地下面,终结一切;而知道他们秘密的监测站站长将点燃整个沙地，和他们一起被燃烧成新的灰色粉末，再无用处。廖站长知道，当明天早晨太阳升起，"太阳神"风暴来临的时候，他和新的一批"灰先生"的粉末将被下任监测站站长收集起来，继续等待下一次"太阳神"的到来。

　　做完这些事情，廖站长便躺在地上等待最后一刻的来临。然而他却没有看到，在灰色的粉末里闪烁着几颗洁白的、细小的骨头，那个身体并不属于人类的国度，那是黄沙埋起的那只迷了路的麻雀的身体。

天空

第一个梦很重要。

有人在那时先见到天空，有人见到海洋，这证明了他们的来处。我就是那个梦到天空的人。人们说我不可能记得当时的梦，我不记得，我知道的比记忆更确切，更久远。一直以来有种巨大的冲动翻腾在我身体里，从睁开眼睛的那一刻，我先看到的不是母亲的脸，而是一片无尽的幻梦——蓝色，云朵，光芒，眩晕。这种巨大的冲动让我一直抬着头仰望。从学会走路开始，因为我从不低头注意自己脚下的路，我便无数次摔倒在地，或是撞到别人。我不在乎，地上的一切对我来说都是错觉，我要回到天空。

于是在一个温暖的下午，母亲离开了我和父亲，她的眼里浸满深深的绝望，她已经憔悴不堪骨瘦如柴，从我仰望天空的那天起，她便开始日日夜夜地哭泣，直到有一天她的眼窝深陷再也流不出眼泪，她走了。她走的时候我很伤心，然而由于我一直仰着头的关系，泪水只是滑过我的眼眶，停滞在我眼睛边缘再无法继续流淌，不到一秒钟的时间，停滞的泪水就被风干。这样的过程反反复复，我的眼角边上很快便堆起了白色盐渍，坚硬得如同遥远的古藻类化石。在蜇眼的酸涩中，我看到母亲叹了口气，伸出右手试图摸摸我的头，却碰到了我眼角的那堆白色痕迹，它们像沙子一样坚硬硌人。她又叹了口气，再也没有回头。我看到那天的天空光溜溜的，赤裸洁白，如同一个谁也形容不出来的、完美的避难所。

母亲离开之后，再没有人为我哭泣了。父亲把自己关在另一间屋子里，喝酒或是睡觉，有时五六天才出来一次。每次出来的时候，他总是用一块毛巾或是毯子裹住自己的脑袋，好让外面刺眼的光不要伤到他，这样，在外界光线刺激到他之前他能迅速躲回自己的屋子——那个安全的洞穴。这样，他也不会看到我的样子。

你们自然会认为我没有任何伙伴、朋友，也没有人和我说话。过去的确是这样的，近来事情却有了微小的变化。一个晚上，当我坐在桌边等待白天最后一丝光亮的熄灭，这一时刻往往隐秘而稍纵即逝，即使我努力盯着天空，也无法得知那一丝光亮熄灭之后夜晚是如何倾盆而至的。之前有好几次，就在我以为那道神秘的变幻之光来到的时刻，无以名状的困意袭击了我，我数次昏昏沉沉地睡去，醒来时只看到星星和黑夜——近乎触手可及，又无动于衷。这次在白天的光亮熄灭之前，我没有睡去，也并没有马上进入黑暗。我看到了一道微光，我深信这道微光来自天空的记忆，它出现过无数次，随即无数次消失；它在我心中唤起了一种熟悉感，那里有一条僻静的、无名的、迂回延长的小路，那是我真实的来处。

我必须做些什么。

我可以开始一段旅途，像每个寻找东西的人那样，在旅途中挖掘一个宝箱，遇到一只精怪，最后踏上一条归乡之路。首先，我来到了一家罐头工厂，我认得这个品牌标志，这个标志高耸在工厂上方，我仰着的头一眼就将它辨识了出来：我们家里有一整面这些罐头砌成的墙，饿的时候就抠出一罐来吃，直到现在这面墙还很牢固，这些罐头永远不会吃完。工厂经理人很好，他知道我，自从我母亲离开家之后，这附近的人就都知道了我，他们觉得我是个可怜而无害的人。工厂经理说，至少你可以来帮我们涂涂底漆。于是我在右边角落那堆人里面找了个位置，开始给罐头罐的表面涂上底漆。我从不低头，这让我总能在高压钠灯的照射下把漆涂装得匀称且薄厚适中。我也不会在白天犯困，因为我头顶上的光直射着我，我知道头上的天空里有无数双眼睛看着我，对我窃窃私语。我享受这份涂装工作还有另外一个原因：罐子上没有干的油漆味道令我异常愉悦，我陶醉于那特殊的挥发性气味中。我让自己尽可能贪婪地、完全地暴露在这气味下，我从中获取了极大的满足感，当然，还有偶尔的头晕和恶心；头晕和恶心很快就成为满足感的一部分，甚至成了使这种满足感变得更为真实的最大因素。夜晚，没有油漆味的环境让我辗转反侧，这让我确定在那种危险的味道中隐匿着那条曾向我闪现过的、记忆中的小路，通往天空之乡的道路。终于有一天，我在黑夜天空的注视下溜回罐头工厂，来到存放漆料的仓库（那里没有上锁），将那里所有的桶盖打开。我一桶又一桶贪婪地吮吸这些味道。一道微光的边缘——我感觉到的、触碰到的、我生活其中的地方是一个真实无比的假象，无时无刻不反射着源头的光，只有天空是光源，超出我感觉的天空世界是真实的，我必须回到那里等待。第二天一大早，人们发现我晕倒在放油漆桶的仓库里，他们迅速把我送去了医院抢救。

医院说我是急性中毒，此时已经脱离了危险。我在病床上仰着头一动不动，始终不发一言，他们以为我只是害怕，他们当然不知道那是因为我好不容易找到的那条路一下子又消失了。我的眼睛边缘又堆起了白色盐渍，于是我尽量把眼泪积攒在嗓子眼里，把它们吞咽下去。病房的窗户外面有一棵挺拔的白蜡树，和姥姥病房外面的那棵很像，只不过这棵的树皮偏灰，那一棵偏褐。姥姥去世的那天是这样的场景：阳光照射下白蜡树的影子透过窗户铺在地面上，它们的影子从不完整，总是被窗户、小草、风或者人们的声音打断，这样影子就变得闪烁而斑驳。从我生下来那天开始，姥姥就一直住在医院里，他们说她既说不出话，也听不到别人说话。他们在说谎，他们在这个世界里总是说谎，每一次他们说谎的时候天上的云就会变暗一毫秒，我都看得到。姥姥从不说谎，她最后握着我的手的时候，我看到白蜡树斑斓的影子爬上了病房的天花板，那些破碎的光斑跳跃着聚拢在一起，变得明亮而温暖。姥姥从她紧闭的嘴角处泄露出了关于黑太阳神庙的秘密，我的心怦怦跳动得如同黑色的火苗。此刻，我又看到了那样的影子，那样的场景，我知道姥姥在上面，在距离地面很远的天空中。

在这一夜的黑暗里，微光又出现了，我再次确信微光无比真实，却又无比疯狂，它不要求我们的信仰，而我们此刻却只能生活在它投下的破碎光影中。在黑夜，我还是只能从沉默无际的天上辨认出发光的星星的位置，白天显现的云和风的形状仿佛一下子被漆黑掩藏掉了，我知道它们还在那里，只是发光的东西暂时欺骗了我的眼睛。

又一个晚上，天上出现了明亮的猎户座，我辨认出其中最亮的三颗星，它们像三支发光的箭矢，在阴影轮廓处又眨眼化作一条柔软的面纱，明亮又充满悲伤。我受到某种力量的鼓舞，从病床上爬起来，偷偷溜出了医院。我并不知道要往哪里走（我甚至忘了自己在哪里），我只需要沿着那三颗星箭头的方向一直走下去。我忘记了疲惫，也顾不上脚下踩着的是什么路，经过了哪里，因为我抬头看着天空，最温柔的夜色和璀璨的星星会为我指路，它们所指的道路比任何脚下的路都更加亲切，更加坚定。我用最快的速度走着，毫不担心会碰到什么死胡同或者障碍物，而事实也证明我一路上从未遇到任何来自前方的阻力；我感到自己脚下在发热，好像我不是在走，而是在跟着星星飞跑。一抹橙红色出现在远处的地平线上，四周的轮廓开始显现：这里应该是城市的边缘，这些公寓楼的米色外墙已显斑驳，楼层不高，穿插着没有规划过的田野和小树林。

星星的光亮很快就要和太阳的光芒融合在一起了，我得抓紧时间，于是我奔跑起来，最后精疲力竭地睡在了一片巨大的树荫下，天很快就完全亮了。

不知道过了多久，我被眼皮上方一片闪烁的光弄醒了。一个又瘦又小的老妇人坐在树荫下，我之前竟没有注意到这树荫下有一张巨大厚重的圆形石桌，上面摆放着棋盘。老妇人正在摆弄这棋盘上的玻璃珠子，是这些珠子反射出的光芒晃醒了我。我想这个老妇人应该比我姥姥还要老很多。我知道人们老去的时候会越缩越小，直到让自己缩成一个婴儿那么大。眼前的这位老妇人比我矮一头，看起来只有十岁孩子的身高。我想要和她说话，但是仰着的头让我和比自己低的人说话变得十分困难，我只能从他们的影子上判断他们的表情和想法。老妇人开口了，她的影子看起来很和蔼，她似乎在邀请我坐下来和她一起下棋，她说不用担心，都是一样的，我只需要从这些玻璃球的光芒和温度判断位置和步法就行。我很快就掌握了这种玻璃跳棋的游戏，并且越来越娴熟地掌握了如何利用光的方向推导出跳棋方向的技巧；还有温度，因为我们对每一颗棋子施行的策略不同，我们的手停留在它们上面的时间也完全不同，这就使得每一颗玻璃跳棋身上携带的温度成为泄露棋局秘密的来源。

  大概要到最后几步棋了。我可以通过绕道、拆桥、重新搭桥的手段结束这场战局，虽然我对此并不十分确定，我感受到老妇人那边将发动一次最后袭击，一次绵长的攻击。然而就在老妇人正准备启动她手上的玻璃球时，从这张巨大的圆形石桌下面传来了沙哑微弱的呻吟声——另一位老妇人从桌子下面爬了出来，她的身形更小，只有七八岁孩子那么高，脸上的皱纹几乎全都挤压在颧骨的位置，像人们经常扔掉的那些旧词典一样干燥而过时。她一直躺在那里，只是因为刚才我们在下棋，才没有人注意到她。她一站起来就凑到举着棋的老妇人那边试图和她说什么，很快她们就开始争吵。我既无法听懂她们争吵的内容，也不知道她们争吵的原因。在我看来，她们只是在争吵，越来越投入，直到我们石桌上的玻璃球被争吵的声音干扰，滚落一地。她们忘记了我还在这里，或者说我从来就没有真正在这里。我知道再待下去是徒劳的，最后一步棋是归乡之路，而结局已消失无踪。我离开了她们，据说她们一直争吵到现在并还在持续争吵，直到她们吞下了自己的时代。

  我从医院出来时偷藏起了几罐罐头、瓶装水和一些维生素软糖，一路上我把这些食物分成了仅够维持体力的最小等份，今晚，我将吃掉最后一小份。此时的风带着潮湿的气息，还有一丝腐朽的味道，借助风的变化，我看到天空中出现了一座废墟，一个市场和一匹灰花色的老马。我应该来到了大都市，这是一座白色的城市，一座由变幻的欲望守护着的城市。我跟着天上的老马向城市中心走去，那里有一条巨大的运河：它一定很古老了，也许和天上的那匹马一样古老；它一定曾经清澈见底，虽然现在在它的河底埋藏了太多整个城市的废弃物和遗失的记忆；它现在精疲力竭，散发着陈旧的气味，却由于这气味成为这座大都市里唯一的真实景象。我在运河河畔一直待到另一个夜晚来临。除了黑暗、星星、风和偶尔可辨的微光，我逐渐听到了一些伙伴们的低语，他们隐藏在天上很深的隧道之中，有时是光，有时是暗，有时一无所是。

月亮和星星被隧道吞没的刹那，天空极速旋转起来，在运河的边缘筑起了一道圆形的透明阶梯，一直通向最深邃的高空，一切漆黑无底，只有那道阶梯光亮如昼。只有一刹那，那阶梯便迅速消失了，一切又恢复了往常夜晚的样貌，仿佛所有这一切只是一场妄想症患者的幻觉。然而运河中的水开始变得浑浊不清，它两边的新城和旧城被搅动得混乱动荡，一只垃圾船出现在河上，像一座奇怪的尖顶神庙，它以一种静止不动的姿态向我漂来。一个老头站在船上，我无法向你们描述他的样貌或者他的声音，我无法用自己的记忆在描述中重现这一场景——这老头头上戴着一顶黑色礼帽，或者是某种我不知道的以色列小圆帽，老头身后是一座巨大的垃圾山，整个船体都被这些废弃物填满了；无论是垃圾还是船身上的金属表面，一切都被时间和腐臭所侵蚀，锈迹斑斑，发出呜呜咽咽的叹息声。然而这一切无比真实，我在老头的召唤下走上了垃圾船，这些垃圾的气味很快就传染到了我身上。我开始浮肿，直到我随着老头和这垃圾船一起漂浮起来，最后完全悬浮在天空与运河之间，城市与她的倒影之间，此时整个城市显现出一种扭曲的、永动的异形结构，我分不清时间是走是停，也分不清此时是真是假。

我唯一能确定的是老头当晚就死了。他死去的时候船上堆砌的垃圾山整个倒在了他身上，蜘蛛网一般黏腻，蠕动，生生不息，直到他最终变成了垃圾山的一部分。我很久之后才发觉，我失去了一位伙伴，这意味着我的旅途将要结束了。我此时靠在新的垃圾山上，感受不到饥饿，因为这些废弃物、连同我自己的味道填满了天空与运河之间的所有空隙。我眼角堆砌的白色痕迹开始灼烧、融化起来,将我整个脸蜇得生疼。终于我看到那条隧道沿着一束微光向我延伸而来,它变得更深更长,它的入口就是它的终点:我每沿着它走一步,就又往后倒退一步。

我走了很久,直到这片运河将我吞没 —— 它和天空一样,是我的来处,也是我的归处。

仪式

到处臭气熏天。

他跟着这母鹿走了两天，或三天。没有人在乎时间，太久了，时间刻度划分出的计数单位毫无意义。他的任务只有一个，这一点倒异常明确，似乎（是一个明确的"似乎"）他打一生下来只知道清理，只记得这一件事。他没有用东西遮掩口鼻，也没有眯缝自己的眼睛——这是熟练的标志，代表可能有的腐臭气息或是难以预料的惊惧表情已不再构成他日常工作的障碍。他是个熟练工了，不再大惊小怪，不再惊慌失措，他面对这些尸体的冷漠让自己都嗤之以鼻。

他今年三十五岁，胸前别着一个锡制的方形名牌，激光刻印出的名字凹在里面。他工作已经满十年了，可以戴着金属名牌在大街上横行无阻。没人在意他叫什么，人们顾不上关心别人的名字，更多时候是来不及去注意他胸前那块锡牌。他刚工作的时候只有编号,那时大家叫他"三零九",他们告诉他,他从此加入了光荣的行列,他们是秩序的维护者。

一开始,"三零九"拥有一套自己发明的秘密仪式。由他清理的第一具尸体是一个干瘪的老妇人,找到她的时候,尸体在她自己家里已经快一个月了。身体里的液体从眼眶、鼻孔和嘴巴里流出殆尽,淌过之处残留着干涸所形成的淡黄色痕迹,散发出最后一丝黏腻绝望的腐臭。当时他被熏得一阵晕眩,这是他第一次切实地与孤独的气息这么挨近。他蹲在老妇人面前的地板上,用他们统一发的一种特制干洗粉擦拭她的身体。她身上没有任何东西能证明她曾经是谁,除了一部早就没电的手机。她屋子里没有任何腐烂的食物,甚至没有食物的痕迹。他想,她一直在等待死亡的到来。他不知道她生前是否患病,是否在最后一刻遭受痛苦,是否曾后悔自己的一生。他闭起眼睛,也帮她闭上眼睛,默念着请她安息,在天上她不再孤独一身。他没有加入任何一个教派,所以只能在祈祷时求助上天。

后来,他逐渐发现尸体的味道是相似的。他在走过每一条暗道和水泥楼房的层间时,能立刻判断出是不是又有新的、被遗忘的尸体,他发现死人的气息在活人中间是无法隐藏的。有时他觉得，甚至确信无疑——让他找到他们，是那些死者发出的最后遗言。他记得小时候父亲和他说过这个世界是平衡的，他以为成为他们，就能成为生死平衡的守护者。

人们无休止地老去，几乎不再迎来新生儿。医院变得荒芜，产科医生和护士们坐在空荡荡的产房里呵欠连天。世界随着人们的衰老而静默。"三零九"的小组长是个小个子男人，据说他因为自己个子不够高不想生孩子，不想生孩子也就没什么必须结婚的理由了。日子一天天过去，只剩下自己和衰老。据说还有人是因为害怕孩子的哭声，或是无法忍受异性的体液，还有更多千奇百怪的原因。总之，现在人们只能接受自己。社会学家给这样的现象起了个名字，说这是"世纪末孤独症"。这个病症的特点是孤独，且长寿，或者说绝望，且长寿。

小组长在他自己五十二岁的那年失踪了。他的锡牌被放在办公桌最中间的抽屉里，摆得整整齐齐。没人知道他在哪儿，活着还是死了。在这座城市里，自杀是不被允许的——你可以病死，老死，被杀死，意外而死，但不能自杀。自杀意味着不留余地的绝望，又意味着对公正秩序的质疑。因此政府每年有一大半的预算都用在"生命工程"

上，他们修建了设备齐全的综合养老院，为了尊重老人的自由选择，还加盖了独立的老年公寓。在他继承抽屉里的锡牌也成了名叫K的清洁五组组长后，一派宗教人士终于通过了某条重要法案，在每个街区都建起了教派场所，当然，为了公平和自由，每个宗教都有自己的庙堂，他们相信，宗教的慰藉定会抚慰人们漫长的老年岁月。

现在，我们可以将叙事里的"三零九"替换成"K"了。

当政府发现人口增长和死亡比率终于在负数上稳定不前的时候，社会学家又给出了结论，就此下去，人类将灭亡，或被另一物种替代。这引起了一阵短暂的恐慌，短暂到还没人能分辨出被抛弃和被取代在事实情况中的差别，就有另一拨人喊道，照此推算，时间是两百年。两百年，这个数字显然极大地缓解了人们的恐慌和焦虑，至少这意味着待在养老院的人们和栖居在宗教庙宇里的人们无需见证末日的来临。人们惧怕末日，也惧怕未来。屏幕上有个女社会学家，用她没有变调、却异常纤细的声音说，我们也许需要配给制婚姻，并鼓励生育，这应该成为一项全民任务。K记得，第二天，女社会学家就在全息媒体下遭到口诛笔伐，甚至政府门口迅速拥来了一批年轻学生，他们愤慨地指责权力的越界和对公民自由的践踏。之后，女社会学家就从公众视线里消失了。K认为在那之后自己是又见过她的，在政府大楼后面那座信奉素食的庙宇的档案室里。从庙宇收来的尸体总是又轻又瘦，时间只要一久，尸体的骨头和肉就会紧缩在一起，像白色的钢铁，没有任何味道。所以清洁组会特别留意那片地方，K每两周都要过去巡查一圈。因为没有气味，所以那些生前秉持素食信仰的尸体会躲藏在没人注意的地方——老松树下的土坑里，或是存放古代神像的房间。幽暗冰冷。K想象他们在那些地方老去，一边祷告生，一边等待死，空气中充满无声无息的默哀。女社会学家，K确信自己见到她的那次，坐在庙宇档案室的窗边，头发披散在肩上，像一头迷路的母鹿。

K去庙宇还有另一个任务，这是拥有锡牌的小组长才有权执行的秘密任务。政府要求他们回收每个物种里最强壮的一只活的、雌性生物。清洁局分配给K的是寻找雌性哺乳类动物。K知道在庙宇后面，就是长老松树的地方，那里有一大片湿地和树林，他看到过一些牛和羊出没其中，还有茂盛的、不知名的花草。

他们一共有二十六支清洁小组，按照从A到Z的顺序编列，每个小组组长都拥有一块锡牌，得到锡牌意味着成为二十六个字母之一，除此之外的组员只有数字编号。

所有的政府机构都是如此进行工作的，据说这是在经过了大量统计学和人类学的验证后，所发现的最正直公平的一种治理方式：他们说，小组的平行合作确保了日常运转，字母的继承机制确保了最大程度的公正，这样每个人都能在"确定"的社会机制下让自己死去，这就是文明。

　　K 的父亲曾是研发局里的 J。研发局是一幢高大的灰色水泥建筑，有二十六间实验室，没人知道这里面的人究竟在干些什么，在这里工作，要遵循的第一条准则就是保密。在他的记忆里，父亲总是早上离开，晚上回来，每天给他带回一盒塑封整齐的晚餐：米饭或是面包。父亲不多说话，只有一次，带回了一只像鹦鹉一样浑身绿色的鸟，告诉他只能给鸟喂一些水，绝不能给它东西吃。有了鸟之后，K 所有的心思都在鸟身上。一天晚上，天象局预报会有罕见的满月，他看到鸟在巨大的银色月光下发出了一声低沉而响亮的叫声。他把这个消息报告给了那天很晚才到家的父亲，父亲拍了拍他耸着的肩头，露出一股短暂的、他看不懂的悲哀，就和后来的某天接到那封远方来信一样。

　　第二天，鸟不再喝他拿来的水，第三天的早晨，鸟死了。K 只是愣在鸟笼前，没有哭，就和父亲对他说"你母亲走了，和她的信仰一起"的那个时刻一样。远方来信是母亲的教友写来的，从圣地到他们这座城市花了一个月的邮寄时间，这也是母亲信仰的一部分——她和她的教友们拒绝所有科技。父亲念过信上简短的内容后，把信折了好几下，叠作一个小小的方块，K知道，父亲那时和他一样，在那个小小的方块上看到了很久不见的母亲。七年前，或是更久之前，母亲和她的信仰永久地离开了他们这座城市——母亲和她的教友们用赤裸的脚踩过世界的土地，有时滚烫，有时冰凉。母亲的圣城在最西面的沙漠，对于父亲和K来说，那是一个遥远又无法想象的地方。他们听说人们在炙热干燥的沙漠里老得很快，在最无法忍受孤独的时候，只要向沙漠大祭司虔诚祈祷，第二天就会在睡梦中安然而逝，同胞们（教友是这么称呼彼此的）会牵起手围着长眠的尸体，天空之城的大门将打开。父亲和K相信，母亲正如她的来信所说，"得到了幸福"。从那一刻起，K和父亲在彼此不可言说的状态下共同守护起了某个神秘的、一致的秘密。在他们的城市，母亲和她的教友是被禁止谈论的人，赐予她们幸福的宗教在城市政府里意味着曾经的一起恶性医药盗窃案：几乎所有的巴比妥酸盐和氯化物在一夜之间被偷运去了沙漠，仅剩的药剂被封存在研发局的灰色地下室里。

　　父亲又陆续拿回几只绿色的鸟，它们大小一样，神情相似，总是在某个突然降临的满月之夜发出难以名状的叫声，然后死去。K把它们的尸体放在白色的硬纸盒里，在盒子边撒上干燥的白色石子，堆成一个小小的金字塔形。他无法解释自己这样做的原因和由来，甚至无法说出是不是曾经看到或听到过这样的做法。令他不安的是，从第三只死鸟开始，白色纸盒和白色石子，以及他所执行的整套动作开始失去情感、变得机械化。他痛恨自己的冷漠与惯性，同时怀疑人们、父亲和他将永远不能理解母亲的"幸福"。也是从第三只死鸟开始，他加入了清洁局。"三零九"在自己的口袋里放上了一些白色石子，仿佛这是一切的开始，一切的终止。他逐渐用清洁和祈祷代替了石子，他们需要的是安息，而非存放。最终，在父亲拿回第七只绿色的鸟的时候，J说，它们会将所有吞噬。在模拟日光的环形射灯下，K看到J的眼睛在苍白干枯的脸上放射出某种狂喜却近乎绝望的光芒，他知道，父亲又一次看到了母亲。第二天，绿色的鸟迅速生长，一夜之间成为庞然大物，父亲在这一天死去了。

　　心力衰竭，他的同事说。当时的组长K把父亲的尸体抬起，装进一个巨大的透明亚克力盒子。所有在工作岗位上力竭而死的人都要被放在一个恒温纪念堂里，他们说，这是为了怀念直到最后一刻还为我们的城市做出贡献的英雄。

后来，在他接替失踪的组长成为新的K之后，这些已然进化为庞然大物的绿鸟正式被政府投入使用，它们盘旋在夜晚上空，翅膀拍打出月光一样锋利冰冷的旋风。天使鸟——一位宣传专员如此命名它们——是时代的新物种，它们俯冲直下落在堆成金字塔形的尸体上，迅猛残暴地撕咬吞噬人们无用的身体，直到吞下最后一只干瘦的手臂，都不见一丝血液溅出。火烧和海葬都来不及消灭这越来越多的尸体。死于孤独的、困于衰老的人们，他们和他们的身体、头发、衣物以至弥漫在他们四周无法消散的腐朽的空气越来越变得难以分解。K知道，还有几个清洁组组员和他最初一样，试图用自己发明的神秘仪式让死者（或只是生者）得到永远的安宁。然而作为生者，他们忘记了，不可降解才是死者最后的罪过。这个新物种，这些被培育出来的天使鸟解决了他们所有的难题，它们精准、沉默、迅速、洁净、不留痕迹，火和海都比不上它们的无情。K通过回忆父亲曾经带回来的那几只绿鸟推测出了天使鸟的作息：它们夜晚进食，白天睡觉，用整整一个白日的时间消化干净胃里的食物，然后继续在夜晚进食；它们吮吸贮藏在尸体里的血液和残余的体液，连同消化掉的身体纤维一起转化成粪便排出体外，它们的排泄物被土壤吸收，为教派场所和市政府里广阔的野地花园提供了最佳肥料。一切又进入了伟大的、可降解的循环。

人们争论一切，怀疑一切，发明一切，毁掉一切。

尸体不断增加，变成了数字。他和其他人忘记了他们的仪式，或者说，他们忘记了仪式进行的顺序：先祷告，还是先把眼睛闭起来？这些行动的顺序究竟有何意义，是否重要，是否真的关乎已死肉体的灭尽。与此同时，出现了一批夜行者。他们在夜里站立在金字塔形的尸体堆（这个场所从未被正式命名过）旁，用近乎虔诚的专注观看天使鸟吞噬那些尸体。沉默，巨大的沉默。连呼吸都被沉默抽离掉了，只有天使鸟偶尔的鸣叫划破长夜，没人听得懂它们的感情。夜行者一直保持着某种长方形的队列形状，不断有人加入他们，和他们一样缄默。如果满月照在他们脸上，就能看到这些人疲惫不堪的眼睛里映照出的天使鸟一般炽热的光芒，如同死亡的呼喊，极远又极近。总有一个即将到来的明天，人们也会死去，被天使鸟吮食殆尽，于是此时的观看将同长夜一样漫长。

  K也不知道自己是如何辨认出了那位女社会学家的尸体。她苍老得太快了，全身干瘪，像一只被人遗忘的孤独的母兽。他将女社会学家的尸体摆在金字塔的一角，很快，明天早上她将再不存在。他第一次站在了夜行者的长方形队列里，怀着他也无法分辨的某种期待观看天使鸟的捕食行动。终于，在一声鸣叫之后，一只天使鸟折断了女社会学家脆弱的脖子，瞬间吞咽了下去，他在那一刻突然明白了"天使鸟"这个名字的来处。第二天早上，他在庙宇后面的树林中找到了一只母鹿。他要跟着她，直到明天再次降临。

2022年12月29日

空街巷

即使没有物质存在的真空仍有量子涨落：当两块不带电荷的导体板距离非常接近时，它们之间会有非常微弱但仍可测量的力，这就是卡西米尔效应。

他又一次感到彻底走投无路，在一个没有人的凌晨，或是在一个人行匆匆的白夜。无论什么时刻，结果都是一样的，有人还是没人，眼睛只是他们身上最无效的装备。

他们要求他去寻找来自过去的故事，因为他们深信，来自过去的故事隐藏了关于未来的秘密。他们却从未真正和他说过未来，未来仿佛是一个禁语，一旦言说就灰飞烟灭。所以这里保持了某种古怪而持久的静默，一切用文字而非话语，他们称之为"文明"。他和其他人、其他事物一样，不再计算时间，不再掂弄重量，不再分辨他们所处的地方。

在大停电的那个晚上，他偷偷用冻成冰的可乐罐砸碎了窗户的一角。从那个角落透出来的变化的光线让他知道昼夜的交替不是均匀的，而是一种斑驳的、柔软的过程。他盯着这被遗漏的角落，直到它变成无穷的空洞，形成没有形状的空街巷。他在很久之前见过这样的线条，记起了塑料制成的垃圾桶和缩在角落的黑色老鼠——人们喜欢把废弃物丢在阴暗的角落，直到这些腐败的因素回归土壤，再次循环变成微生物。他和那些人一样，他们的工作是将这些陈旧的微生物转化成知识，编造概念，写下故事。

他们永远看不到自己住所的边缘究竟是什么样子的，在概念里，直线和曲线统统都被归类。在微生物转化成知识的过程中，他们抽取了微生物的灵魂，让脱离油脂的微小粒子浸泡在过去的故事里，静待生成。他们把这些微小的、被分离了的灵魂埋在巨大的住所下面，使它们成为地基，成为坟墓，成为一切被遗忘的永恒之物。

他在醒来的时候听到口哨声，来自一只鸟或另一个人。他们让他寻找的是过去的故事，而他总是在过去才能看到自己的身影。很多次他看到矛盾而莫名其妙的场景：他被一只山羊带领走过熔浆，取出火中滚烫的王冠，紧接着一群又一群的白色蛆虫从宝石镶嵌的缝隙处流出，腐蚀掉了他的手；有时是一片巨大空幽的山谷，一位瘦骨嶙峋的老者摇桨载他过河，到了河中心的一瞬间，老人不见了，只剩下他自己和手中的桨；还有和光速一起前行的女人们，她们用贪婪而悲伤的眼神盯着他，引诱他去抚摸她们的脸，但她们的脸被光切成了无数个幻影，每当他将手伸出去，幻影就会将他割伤，再次无穷分裂。

他浸泡在无尽的循环和没有意义的重复中。四周亮得可怕，找不到光源的来处，这正是他们战胜了黑夜的象征。黑暗在众人的投票下被处决，就像所有被堆在空街巷里的垃圾、老鼠和只有一小时寿命的虫子，在日复一日的光明中，生成了无限的污垢：头发、灰尘、细菌、谎言、厌恶、不洁、荒淫、恶心……直到被挤压，被迫筑成一座巨大的废墟。

过去的传说使他相信，废墟是空心的。然而很快，过去又被过去掩盖，废墟成了一座高塔。很久之后，过去的故事和知识交替编织成了没有出口的巨型博物馆，废墟成了微尘众，成了须弥山。博物馆和废墟交替显形，不再区分，不再裂变，一切进入静止的时候，他们说，这就是未来。

所有人都相信命运的判断，因为概念规定了他们的世间万物。他盯着那个被遗漏的角落，有时在清醒的时间里，有时在梦里，直到有天那里长出了一颗黑色的种子。他其实也无法判断这是不是一颗真正的种子，或是一颗真空中的原子，存在于任何一个想象里的空间。只有这儿避开了白昼，所以那种子身上长满了短小的绒毛，和凹凸不匀的皮肤。他看到，这种子在影子之上又生出了无穷的影子。

在一本书上他曾见过这种子的形状。故事里这些形状被赋予无数个名字，随着象征和意识不断改变它们的样貌，只有这样才能继续。他想起守护种子的人是一位法官——这个称呼也是他从过去的事情中习得的——他们希望法官能保证某种不均衡的判断，将善和恶进行可被区分的度量。法官戴着白色的假发和白色的面具，他是权力的执行者，白昼的判决者。法官发出震耳欲聋的声音，简短而不容置疑，回荡在巨型博物馆的悬顶。空气使得法官发出的每一个词语都具有了穿透的力量，人们不得不将自己藏起的多余之物全数交出——浓痰、脂肪、愚蠢、懒惰、恶意、嫉妒、癌细胞——这些东西从他们的身体里不断析出，空气也依照某种特定的规律运动。

法官宣布，一切多余之物注定被销毁，连同空气也将被重新排列。

可是在黑色的种子下面，庞大之物已然崩塌，渺小之物凭着比光还快的速度连绵不绝地与微生物相融，它们相互蚕食，也融为一体。或者不再是一体的概念，因为新的和旧的在概念的反复生成中总是来来回回——它们依恋文明的光荣，也重复文明的错误。从人的碎屑中逃离而出的童年、青春、爱、性、创造、虚荣、羞耻、衰老和死亡变换着无穷无尽的样貌，他努力分辨，试图找出哪些来自回忆，哪些来自虚构。似乎在无意间，他终于听到了一个声音，透过隐秘的缝隙向他传达某种旨意。他很久之前听人说过，一切启示和真理都是虚幻，他们虚构了历史，正如他们早已虚构了神和神明的故事。

他突然明白了为什么他只能重叠在空街巷的投影里。在投影里，对黑暗的判决都是一场巨大的虚构，影子都在其中失去了隐藏的能力。

三个女人说，我们走出去吧，新的反抗来临了。

反抗无时不在，由日常里最琐碎的无用时刻拼接而成，然后以革命的面貌席卷而来。在过度的人造光线照射下，一个幽灵一样的影子偷走了档案里的故事，一个都没剩下。那些故事总是以女人们的预言开始，以孩子们的夭折结束。他准备就绪，用最坦然的姿态开始编造，没有一个词语是无意义的,反过来,被偷走的空白档案又向他宣告每一个词语都是无意义的,这宣告之声如此决绝,比判决的声音更令人绝望。

  偷走故事的幽灵身体轻盈,一下子就跳上了博物馆的边缘,那里是塔形之物的延长线,光滑得连一只老鼠都无法站立。他想,也许那幽灵脚下长满了粗粝的青苔,冰冷幽深得像微生物腐败时流出的神秘液体。他拥有讲述的力量,这意味着他也拥有说谎的能力。幽灵发出一声叹息,和他听过的口哨声一样有着怪异的音调 —— 无法被标记,或是被纳入模糊的边缘之内 —— 那是档案里最伟大的记载,他们说,混沌的边缘带来了无穷的永动。

  他们的称呼丢失了:

  预言噩运的人、垃圾桶边的无家可归者、披着隐身衣的说谎者、赤身裸体的恋人、提灯笼的愚者、骑在白马上的死神、推动巨轮的孩子、塑胶泡沫下的美人、瞎了一只眼睛的梦游者、趾高气扬的小丑、满口坏牙的广告模特、驾驶玩具船的军人、肩头站立一只猫的老太太、神经官能症病人。

  一切在他没出生时已既定,连新生也是看不见的虚构。他们在丢失的词语中秘密狂欢,在真空的废墟上大声咒骂，在编造的空街巷里试图再次掘出生生不息的肮脏，和光荣。他在试图寻找的时候就已掉入现在时的陷阱——自己也被虚构湮没。

2022年6月
在空街巷

世界图景

三点一刻,他们宣布了祖父的死亡。此时,克鲁克依鸟在疯狂鸣叫,他们说每个地图测量员死后都会变成这种鸟。现在是三月上旬,捉摸不透的春风有时狂躁,大多时候是悲悯的,虽然最糟糕时风也把一整棵树连根吹起。

祖父曾教会我如何辨认这种鸟的声音。他让我不要理会它们说的话和唱的歌,也不要试图去理解它们词语里的意思,只需要注意它们的沉默——克鲁克依鸟沉默的时候,就是危险来临的时候。我的父母就是因为没有分辨出这种沉默,而永远消失在了白色的海里。那是我第一次知道,危险是致命的,我们可能会随时消失在地图的任意一个坐标点上。祖父还教会了我如何辨认海的颜色。他在地图上给海填上蓝色、红色、黑色和白色,虽然我那时只看得到灰色的大海,海的咸味还蜇得我眼睛发酸。祖父说,我们其实并不知道大海是什么颜色的,就像所有无边无际的东西一样;大海的颜色来自海下面藏着的不同颜色的镜子,地图测量员游到海底是为了寻找镜子的颜色,比如我的父母。

在世代流传的故事里,白色的大海是最危险的。据说第一个测量员找到的镜子就是白色的。在那之前,人们以为海下面住着迷人的女妖和精力旺盛的人鱼,它们的歌声造出五光十色的幻影,造出狂风骤雨和彩虹下的世界尽头。那个测量员再也没能回来,他的身体被埋葬在最深的海底,骨头和镜子一样白。一只克鲁克依鸟衔回了测量员的小指头骨,大家马上就焚烧了那根骨头。在我们看来,人人最终都要化作灰尘,变得无限小,又无穷大。这自然是很久之前的事了,就连祖父的曾祖父当时也只是一颗微尘。

(你们也可以完全不理会这个故事,因为故事本身如同其中出现的所有名称一样,可能从未存在过。)

我们用不同的纤维建造房子,这是我们能生活在世界各处的奥秘。我出生在一个贝壳形状的房子里,是用马尼拉蕉麻纤维做的,这种淡黄色的发亮物质足以抵挡最漫长的雨季和最猛烈的阳光。而我们之中最年长的测量员住在巨大的透明房子里，那是用一整张鱼肚皮支撑包裹出来的空间。从鱼肚皮外面望去，能看到长者半虚半实的轮廓，就像北方群山的脉络一样持久而延绵不绝，长者仿佛一个没有呼吸的影子，在庞大和虚无中等待疾病、衰老和死亡。每天清晨，长者抽象的身形透过鱼肚皮向所有人挥手，这些仅存半口气的老者俨然是地图测量员不朽的图腾。在我们的传统里，长者的房子不能空下来，否则那鱼肚就会吞噬一切，世界将停止转动。上一个长者死亡，下一个长者住进去 —— 衰败和新生就这样循环交替，和那不知来处的鱼肚皮一样古老，以至于人们早就忘了计算他们的年纪。

现今的这位长者戴有一顶小圆帽，人们猜测那顶帽子的颜色大概是一种最奇特的黑色，就像祖先在地图上所标出的东方森林那样的颜色。迷路的旅人（这样的情况不多）一定会把每日清晨映照在鱼肚皮上的这位戴圆帽的长者指认成犹太人，我们绝不会犯这样狭隘的认知错误。我们测量世界的时候见过人鱼、翼族、地精、木妖、巨人，还有一些没有被命名的空气精灵，因为它们无时无刻不在变换形状和长相，谁也无法说自己确实见过它们。世界比任何人想象得都更加广大莫测，作为地图测量员，第一条准则就是只做记录，不做指认。所幸的是，越来越少的人会迷路到我们这里，即使在极端巧合的情况下从雾中穿越而至，他们在回家的路上也会以为自己不过是做了一场梦。

从出生的那一刻开始，我们就注定寻找，然而从来没有人告诉过我们世界图景的全貌究竟是什么样子的。即使我们有限的寻找和无边无际的世界组成了一个最荒谬的悖论，测量员也必须对自己的工作深信不疑。从某种意义上来说，我们的生长发育是非常缓慢的。最开始小腿胫骨会出现极其剧烈的阵痛，这意味着一位测量员的成年，有人出现在十五岁左右，有人十岁就开始了；剧痛之后有人长成了大高个，也有人一夜之间变得沉默不再说话。我的阵痛和第一次月经同时到来，鲜红的血顺着大腿根一直流到小腿肚子上，那种始终干不掉的黏腻让我对成长更加惊慌失措。那天晚上，妈妈用洁净的棉布给我擦了身体，第二天她就和爸爸一起驶向了大海深处。

从那以后，我再也没有来过月经，这对测量员来说并不新奇，祖父说，这就是我成年的标志，我们必须接受所有信息，绝不质疑。他们给祖父下葬的时候，克鲁克依鸟沉默了一秒。我看到一秒之间，漫天卷起发亮的沙子又迅速消失不见，人们说我只是因为悲伤而产生了幻觉，因为克鲁克依鸟正在叫个不停。他们把祖父的头摆在朝向东方的位置，然后点燃火把，祖父的尸体烧了整整七天七夜才全部化成灰。在火燃尽后的第二天早上，巨大的阴影遮住了太阳，一个矮小灵巧的测量员被招进长者的鱼肚皮房子里，他带来长者的消息，说我应该去寻找东方森林。

东方是太阳升起的地方。我沿着祖父的头的方向一直走，穿过极寒冷和极炎热的地方，又穿过最明亮和最黑暗的地方，在我以为也许我只是走进了祖父未完成的梦境的时候，一大片森林突然出现在我面前。这片森林仿佛是一瞬间从地底翻涌出现的，一棵树紧挨着一棵树，彼此之间以一种说不出来的奇特姿势相连，又毫不迟疑地一直往天上长去，既鬼魅又无畏。我在树和树之间的空隙中绕来绕去，一股莫名的暖意不断涌向我的身体，这时我才看清眼前奇特的景象：这片森林同时在燃烧，又在寒冰中静止；在反射耀眼的阳光，又在吸收灰暗的夜色。我不断加快着自己的脚步，却不知根本徒劳无益，无数看不见的影子从我踏出的脚印里衍生而出，它们哭泣、大笑、讲述着人们迷失在森林里的故事。我越是往前走，就越是生出更多这些难缠的影子，渐渐地，这些影子纠缠在一起，竟形成了森林的样子。我自以为只要向着东方继续走，就不会迷路，然而现在我首先需要区分的就是哪些是倒影。

我必须停下来，停止行动，否则倒影会不断生长。

在我停下来的那一刻，黏腻的经血顺着我的大腿根一直往下流，我的胫骨又开始隐隐作痛，仿佛不断向我暗示森林的真相。我必须怀疑这是影子搞出来的把戏，它们从很久之前就用这样的手段割据着真实世界，它们有很多名字和样貌，比如恐惧、妄想、期待、痛苦、甜蜜、愤怒、欺骗、骄傲……它们是测量员的噩梦，是真实世界的敌人。

我必须像长者一样，用沉默驱散影子的迷雾。我记起了祖父下葬时克鲁克侬鸟的沉默。巨大刺眼的光亮一闪而过，我身边的树迅速枯萎下来，原本向上生长的枝干深深扎进了地下，我的胫骨再次出现剧烈的阵痛，黏腻的血和成群的影子消失了。东方森林显现出了本身的模样——没有了影子的遮挡，这片森林几乎是光秃秃的，赤裸得像婴儿一样。所有奇观也一起消失了，没有温度，没有季节，没有明暗，组成东方森林的是没有修饰的躯干。也没有风或者声音，一切沉浸在没有生机的迹象中，却不可思议地构建出一幅生生不息的永恒的图像。祖先将这里标注为奇特的黑色，世界的最高点。

测量员从不记得自己的脸，我们只有在死亡的那一刻才能看到自己的脸。我们只做记录，如同我们依靠胫骨的疼痛辨认自己的成长。据说只有这样我们才能在世界任何一个地方想起回家的路。

如果我不去寻找回去的道路，我将消失在此刻的坐标点上，那么很快，我的克鲁克侬鸟会穿越整个东方找到我，带走我的骨头和灵魂。他们将再次燃起火把，就像对我的祖父和我的父母那样将我烧尽。黑色森林、白色大海、金色山丘——在我们绘制的世界图景上，万物聚拢，形成纵横交错的坐标点。我们世世代代与影子搏斗，从不曾怀疑测量地图的工作也许只是个荒谬的谎言，在谎言中，我们与一个又一个的自己相遇，所有的自己都组成了世界图景的坐标点。

在三点一刻的时候,我终于看清了克鲁克依鸟的面容,它们的脸和另外一只一模一样。

2023年早春

十字路口

北纬40度有超级月亮。

今晚,女人来到那个十字路口。她获知所有消息,来等待;一切似乎早已发生过了,总之,今天和昨天一样。最初,她试图寻找其中的规律,一切都是象征——她观察月亮、海棠树梢、发情的野猫、被扔弃的黑色垃圾袋、发光的二十四小时便利店——它们以相同的姿态出现在夜晚的十字路口,被咸腥的灰尘搅动蒸腾,汇合一点,形成某种奇特的静止。这静止怪异、无声,很快就失去了"静止"的假象。

十字路口上空形成了飓风,如她听过的口哨声一般呼啸着,洪亮、短暂。她是在哪里听过这样的口哨声?飓风呼啸的间隙,被鼓动的空气中布满来自过去和未来的秘密,那是两条无限不相交的直线,一直延展,没有终点,也没有意识。女人穿过路口,向左拐进一条幽静的小道再继续向左转两个弯,就能走上那条笔直的大路,然而在黑夜,每个路口看起来都一模一样。她只能寻找和行走,迷路是必然的。她总是迷路:在中央站,在桥洞下,还有一次在便利商店里。(我们刚才说,女人向左走,又向左拐)她一直沿着一个方向走,这样就能找到某种标识物,比如一个台阶、一个影子、一个塑料袋或是不存在的流浪汉。她在标识中徘徊、迷路,一切可以证明她来回的证据将她牢牢困在原地。

夜晚的潮湿和高温迅速将她包裹,从四面袭来要把她的身体融化。此时,女人意识到了危险,准确说,是在"此时"这个概念里一触即发的危险。我们一直被这样训练,要在适当的时刻产生应有的反应,我们被告知危险总在"此刻"爆发,危险不在过去,也不在未来。当女人开始察觉"此时"是个心理概念而非时间概念的时候,她想起过去的一个夏日傍晚,一只毛发凌乱的狗冲着她狂吠的场景。

不再重要的场景:狗叼走人们吃剩的骨头。狗的口水淌落在地上,使劲往下吞咽早被人们啃得精光的骨头,突然一阵快速抽搐,这东西倒下,趴在地上一动不动。狗死了,或许挣扎了两下,但只是瞬间;人们没有诧异,没有慌张，他们神情平静，他们一辈子都只是这一种表情。女人熟悉这样的表情，那是比恐惧本身更不可捉摸的征兆。狗的死亡成为一个谜，占据了女人对家乡的所有记忆。有人说那骨头里打了药，还有人看出是骨头里的刺卡住了狗的嗓子眼。女人的记忆总是一半清晰（对于"谜"的部分）一半模糊（对于"死亡"的部分），对于女人来说，记忆是一种标识物，是她唯一抓住的可以信赖的东西，狗和骨头的存在就是记忆的证物。

从女人的动作和姿势上看不出来她的职业（此时她拥有最无力却坚毅的表情），夜间的雾气将一切隐藏。夜间工作的人可以是剧院的芭蕾舞者、超市的收银员、捡垃圾的清洁工、太平间的护士、失忆的作家，或者浑身香水味的妓女。她自然可以选择成为女人中的任何一个——她本来就在其中。她在夜间工作，这让她以为白天漫长的时间都是属于自己的，于是她打开所有的感知器官，听，看，闻。她生活在这个每秒都有事情发生的世界中，自然她相信自己明白世界是什么——由声音、颜色、温度、气味构成；由哭声、欲望、疲惫、欢笑构成；同样，这些构成世界的东西隐藏着摧毁世界的唯一方式。

十字路口的飓风中还夹杂着别的什么声音。低沉的祈裤声，女人不知道自己为何做出这样的判断，因为那也可以是一只野猫跑过的窸窣声。然而黑夜遮蔽了所有声音，一切道路在其中过分幽静，至于记忆的标识物，此时彻底失效，她已然无法辨出自己左拐进来的那条小道。她怀疑自己在到达这十字路口前就迷了路。

在抵达十字路口之前，白天的时候，女人再次数了地铁站的台阶。地铁站位于所有路口最中间的交会处，它有一个确定无疑的名字：中央站，这个站名的初衷是为了让人们记得来去的路。地铁站有一段漫长的台阶，总共一百二十级，落成那天是一百二十级，它消失的时候自然也会是一百二十级。女人曾无数次想象/预见自己在第六十级台阶的地方因为眩晕而摔下去的场景，所以她每天都要数一次台阶。在她想象的场景中，只有掉下去的自己，被一大片光笼罩，她在光中如同失明。这出场景没有显示关于死亡的结局，也没有台阶崩塌的场面，这意味着这个场景永不会出现，最终的结局只有在"此时"到来的那一刻才会突然下坠。

她小心地探出一只脚，接着用另一只脚蹭向台阶的边缘，就这样两只脚以某种可笑却有效的步伐踩着台阶往下行进。她怀疑自己最初学习走路的时候就是用这样的步子摸索着，试探着；家乡的老人说她生下来就有一双粗壮的小腿，所以她学走路的时候比别人慢，因为她要走更久、更远的路。她现在明白了这意味着什么。在中央站，她从不观察经过身边的人，他们并不在意台阶的数目。他们行走的速度太快，面容模糊，他们如此确定自己行进的方向，并不担心可能随时而来的坠落。地铁站里，电视屏幕的声音开得很大，循环播放来自世界各地的消息和新闻，女人站在第六十级台阶的地方，一遍遍重复收听这些新闻，它们相似、毫无逻辑，却有着某种超出她理解范围的巨大联系：一路向北迁徙的大象再也找不到回家的路；失踪的登山者被冻死在一块空心的岩石里；英国的一只蜗牛吃下了被病鸟排出的粪便感染的树叶；西藏男童在半岁时开口说话称自己是家里的祖父；新西兰一位超市收银员杀了妹妹后将其分尸；今晚北纬40度地区有超级月亮。

这些古怪离奇的新闻，这些故事散发着琐碎、窥视和致命的诱惑，诱使收听者复述、传播、对它们加以改编，再次形成另一批故事衍生品。这些新闻不遗余力地企图扮演预言家的角色，宣告我们的世界是一片危险之地，充满意外，但无需惊慌——所有的危险和意外早已被侵蚀成

为最不经意的日常 —— 面对真正的意外,我们漫不经心。在新闻的一次次重复播放中,女人对那个标准凌厉的女中音产生了兴趣,她渴望得知这个声音的来源,这个声音的主人。此时(这个时间的指代词多么重要),她发现自己已和台阶长在了一起;她数着台阶的数目,台阶就依着她所数的数目而生长,彼此赖以存在。那么这一切都是虚假的,女人试图从周围人的表情背后寻找某种真切情感,仿佛他们的表情后面隐藏着无穷的标识物。对了,标识物,关于家乡那只狗的死亡的记忆。

她发现自己开始变得像家乡的老人们那样,抱怨人们变得健忘,可若是记忆从未存在过,那些标识是否也将烟消云散?她必须想尽办法来证明自己关于狗的死亡的那段记忆是真实的,至少,确实有一只狗死了。她等待,终于,想象中的眩晕向她袭来。和想象中不同的是,她并没有因此丧失身体平衡而坠落台阶。她想起很多年前的一个夜晚,北方的边疆地区,她在一座废弃的工厂体育馆里看见的善男信女们。那天从早到晚都是乱哄哄的,到处都是惊慌、叫嚷、恐惧;她不知道究竟有多少人挤进了这座充满塑胶味的体育馆里 —— 他们跪拜在地,上身匍匐着,脸深深埋在身子里。外面不断传来蜂鸣和哨声,这里的人们在祈祷，用一种低沉而单一的声音。她听不懂他们祈祷的话语，她想，他们一定呼唤着某人的名字，一个来自遥远记忆的名字。那是这些人的标识物。她无法破解这个秘密，这使得他们的祈祷形成了一股巨大无比的力量，使得眼前这个破败的篮球场看上去如日月一样永恒。这个地区在从前，是丝绸之路上必经的十字枢纽，这些人的祖先用狗血祭祀他们秘密而沉默的神灵。

女人选择继续往下走（只能如此）。她的步子开始变得更加迟疑，一节节蹭向第一百二十级台阶。她听到那个女声在播报关于体育馆的新闻，声音用空洞的腔调称这些人是"顽固分子"。屏幕似乎在这里卡了壳，来来回回重复着"顽固分子"这个词，随着这种重复，她感到一股巨大的、超乎寻常的困倦——混合了体育馆里低吟的祈祷声，异族人的汗水味，还有远方的神秘香气——在这困倦里，她刚刚察觉那个女声和自己的声音一模一样。于是她匆忙从第一百二十级台阶上跳下，仿佛不这么做的话，就会永远迷失在刚才笼罩她的古怪记忆中。

也许，古怪的从来不是记忆，而是无限延展的现实。

这是否可被称作"意外"：如果她摔下楼梯跌坏自己的腿；撞到了某个跑来跑去的孩子；闪躲中折断了心脏附

近的某条脆弱血管；在不知情的瞬间像那条狗一样抽搐、沉默、长久地忍受耻辱。那么她将和所有人一样，在不知何去何从的十字交会处永久失去自己的面容。我们记得飓风在上空呼啸，记得一次无限的坠落，记得永不完结的新闻播报，我们沿着这条永恒重复的行进路线从头到尾从尾到头。

不再重要的场景：今晚女人会看到超级月亮出现。先是白色，再转为棕色，然后白色和棕色交织形成越来越大的光圈，如同黑暗里被放大数倍的瞳孔（虽然她从没见过这样的瞳孔到底是什么颜色的）。光圈一直在动，不断冲开黑蝙蝠一样的云层，变成铁锈般的红色——比血的颜色要暗许多，然而不是颜色，而是不可见的、在阴影中的红色的光带来了巨大的压迫感。这是月亮离地球最近的时刻，月亮变得巨大而热烈，迫不及待要割裂人们强加于她的所有想象：皎洁，宁静，沉思，永恒。下一刻，铁锈的月亮将同世界一起腐烂，一切又被抛入那个无聊又致命的开端，时间的环形重力让月亮重新回到遥远轨道，她将再次变得洁白无瑕，刚才的腐坏只不过是一瞬间，是月亮对我们的一次试探，一次距离最近的标识。

——你的房间长什么样?

——水泥,栏杆,低矮的树,红绿灯。

——你有两个名字?

——恶棍,天使,狗,人。

——我找不到你家的门?

——警报器,车库,跟踪,隐藏。

——你住在哪里?

桥洞下方播放着这部电影,这是通往中央站的必经之路——一座天桥,有时高大,有时十分矮小。女人总是听到下方的对话声,却不知道那声音来自一部正在播放的电影。电影画面是通过一个微型投影仪投放在桥洞墙壁上的。画面飘荡不定,能看出总是两个人,他们背对镜头,自言自语或者一问一答,他们进行无休无止的对话,缓慢且毫无意义。没有人发现这部电影的存在,只有一个流浪汉负责放映,他只是坐在和投影仪同侧的方向负责放映,并不观看。也许他在倾听,和桥上的女人一样。女人每次路过,都试图弄清楚这些对话里究竟是谁在和谁说话,她只能依靠抓到的一些词语拼凑出古怪的问答,她在脑子里重复着这些句子的逻辑,直到熟练地将它们排列出来,仿佛有人在白天向她重复过同样的对话。我们找不到投影仪的插头,"流浪汉"也许只是一个临时的名字,他可以是火葬场搬尸工、代驾司机、自来水管听漏员、饭店的新手厨师或者是个不走运的电影导演。

死狗,台阶,祈祷,对话,流浪汉。故事停止了,如果可以把所有的消息都看作故事的话。这是一个恰当的此时,女人想象自己怀孕了。肚子里的婴儿让她的身体不断肿胀,变得沉重,就要冲破她的神经、她的子宫。或者那个孩子也可以从大脑深处,或者脊背上面蹦出来,就像所有传说中的大力士一样,在出生的那一刻就获得了青春的力量和衰老的厄运。她看到那孩子长着深红色的皮肤,浑身褶皱,大哭不止,然而他的哭喊声在过于柔软的脸部组织之间却挤成了一个难看的笑。那是人们在清晨快要起床的时候偶尔露出的笑——一种不经意的、泄露秘密的笑。

野猫们朝同一个方向奔跑聚集,清晨来临的时候就是它们开始休眠的时候。它们散发出异样的、潮水般的气息,指引女人继续往前走。飓风将息,我们都相信一个变革时刻的到来,他们总是这么说,和太阳一样,无数次升起,无数次坠落。清晨驱散了夜晚的潮热,周围的温度极速冷了下来，女人加快脚步往前走，她没有穿外套，呼吸已逐渐结成雾气。她越往前走，就越是原地打转，直到便利店的灯光在一声巨响之后熄灭，她终于重重地摔倒在地。剧烈的疼痛告知她分娩时刻的来临：那孩子撑开她右边的小腿肚子让自己钻了出来，发出巨大而尖厉的笑声。当灯光再次来临的时候，他瘫倒在冰凉的地方，那笑声让他用尽了所有生命。

初稿于2023年9月27日
都柏林
修改于2024年9月12日

刺杀

雨水对于D城来说很重要。于是我们决定下周六展开刺杀行动，据说那天将有一场暴雨，暴雨必将一切冲走。

我们的城生机勃勃，物品不断被制造出来运输到这里：罐头、塑料袋、液晶屏、电线、硅胶、树脂、木浆……它们装在整齐的方形集装箱里，依靠层层叠叠的编号系统被送往该去的地方。从被制造出来的那刻起，它们就被编号裹挟，被数字诅咒。1到9的数字有着无穷无尽的排列方式，直到现在我们也没搞清这套编码系统是如何运作的。只是每当有人试图为这些编码的物品起名字的时候，才发现名字并不能区分任何东西，名字本身也被编码系统吞噬掉了。

在D城周围有一条黑河，人们说每晚听到的奇怪的叫声就来自那河底。叫声尖厉凄凉，在黑夜上空悬浮，仿佛最悲哀的人从地底深处发出的哭声。黑河里堆满了废弃的物品、废弃的情感、废弃的希望——它们寄生在编码系统中,一旦被使用就失去生命。雨水对于 D 城来说很重要。暴雨一下就是三天、七天或者十天,雨将所有的废弃物冲进黑河。雨水的浸泡让废弃物变得黏稠可憎,它们逐渐学会了在这冰冷阴腻中将自己完全分解;在分解的最后刹那它们化成一种特殊的沼气,那种沼气一到晚上就从黑河蒸腾而出,喊叫,哭泣,不散去,直到早晨才消失。

这成为我们最大的恐惧来源。

三个月前,一个男人来到我们这里。他穿一件长到脚踝的灰大衣,油腻肮脏的头发结成几缕把他的脸遮了起来,即使这样,所有人都知道他有一双炽热可怕的眼睛。没人知道他从哪里来,他是外乡人,因而他没有过去的时间。虽然时间对我们来说早已不再重要——从黑河发出叫声的那天开始,时间就被抽走了——我是说,我们依然有白天黑夜,依然一天天走向衰老,依然有人出生和死去,然而我们感受不到时间;时间就像一个巨大的黑洞,其中没有光亮没有气息没有痕迹。我听说有人试图对着太阳移动的轨迹在自己的胳膊上用刀子划出血道,用肉体的疼痛感知消失的时间;我还听说有人不停给自己喝下浓咖啡,让心跳不断分裂加速,企图用体力的极限计算时间的方向……这些人的徒劳和失败只是给黑河中心增加了微不足道的可分解的沼气……没有人找得到被遮蔽起来的时间，一旦隐蔽，如同进入遗忘之地。

没人知道这个外乡人是否也是来找寻时间的踪迹的。每天都有人进城，也有人出城；每天都有人出城，也有人进城——这里就是这么保持运转的，没人能取走时间，没人能拥有时间。男人的灰大衣里掖着一张破旧的列车时刻表，纸上散发出遥远的、来自大海的咸味，像被过度烘干了的灰雀毛，让人联想到一段温暖又令人厌恶的记忆。记忆，这是一个古老的词汇。从我们期待暴雨降临的那天开始，记忆也消失了。暴雨停止的时候，有人从黏腻的黑水中发现了一块完全不可分解之物（聚丙烯、硅酸、汞、无机非晶固体），就像古老的传说里在神庙中发现了我们"认识自己"的秘密，这不可分解之物便成了圣物，上面刻着"记忆"，那是从传说时代起就流传下来的被铭记，却不能被破解的同一个秘密。

于是昨天，或是前天，或是哪一天，有人向我们传达了刺杀男人的命令。这意味着我不再是单数，我需要同行者。

我很快就找到了同行者。他们在 D 城各个角落：天桥，人民广场，地下酒吧以及废弃的电线杆旁。他们或走或停，或醒或睡，我一眼就将他们辨出，我的同行者身上有着隐秘的焦烟味，那是古老传说里将自己全身点燃以求得神的预言的祭司身上留下的记号。我们在深夜行动，不发一言，只靠炽热的目光交流，每个人都知道刺杀意味着什么。

一击即中 —— 这意味着刺杀只有一次。我们迅速行动，如幽魂一般穿梭在整座城市，试图找出每一条秘密路径及逃逸线。我的同行者迅速使用另一套编号系统将整个城市纳入其中，我们要减少在路线上出错的可能；我们还要把自己编入其中与数字平行（如同一个符号），这样才能标注出去过的地方和现在的位置；最后，在沼气蒸腾的夜里找到男人心脏的位置是最困难的一件事，我们试了无数种办法，一旦无法一击即中，刺杀行动将彻底失败。无关紧要的是工具，任何东西都不重要 —— 枪、刀、玻璃或是刻着"记忆"的不可分解物 —— 只要能准确找到男人的心脏，一滴水都可以是致命的。

在最后一条逃逸线的出口，我的一个同行者突然站住不动了，他不可能看到或听到什么，却浑身战栗不止。他是个瞎子，也是个聋子，很多时候瞎子和聋子却都比我们敏感得多，他们也并不像我们那样容易受到惊吓，他们很少被时间的流动干扰（而我们总是迷失在那迷人的流动中）。很快我便辨认出来那不是害怕或故意的沉思，那是一种狂喜，一种处在深渊边上，直面记忆袭来的狂喜。

我无法确定此刻我是否想起了这些：一间巨大的空屋，空屋中间摆放着一具干瘪的尸体，尸体被白布包裹，我想去看那尸体的脸，白布落了下来，尸体的脸皱成一团，我无法分辨那是男是女，是老是少，是你是我。进入空屋的人越来越多，他们围着尸体站了一圈又一圈，注视尸体那无法辨认的脸。除了死亡什么都不在 —— 致意，轻蔑，悲伤，窃喜，侥幸，恐惧 —— 死亡攫取了无穷的满足与空虚，那具身体终将分解直到留下最后一粒不可分解的无意义的粒子。

我的又瞎又聋的同行者说，男人此时在黑河的中心行走，他唱着无人听懂的歌谣……不是唱，又聋又哑的同行者说，是朗诵。同行者还说，男人朗诵的声音几乎接近某种静默，和黑河尖厉的喊叫交织在一起，就像最寒冷的夜里，树林深处古老的树木所发出的巨大又孤独的声响。

"咚，咚，咚……"

我的同行者停止了他的战栗，佝偻起背，一声声给我们复述那声响。越来越低沉,越来越深切,那声响从同行者年迈的躯壳下面蔓延出来,笼罩一切。他,或是黑河中的男人在进行这场表演:朗诵无休无止,直到他们的语句开始变得像一场梦呓;直到他们做出姿势跳起死亡之舞。

"咚,咚,咚……"

那是心脏的声音,心脏就在那里。

时间流逝着,虽然对我们来说时间纹丝未动。

搜寻,闪避,解剖,陷入黑暗,静止,凝视,丢失,无法停止,前进。心脏就在那里,在(谁的)身体里。它的跳动发出巨大的轰鸣,在真实和虚构的声音和时间中直达整个城市的中心,仿佛清晰可见,却在我们的注视中转瞬又被巨大的黑河淹没,仿佛我们从不曾抵达城市的中心。我的同行者收集了黑河的沼气,试图通过一场爆炸制造最亮的光,来照出心脏藏匿的位置,我们知道它就在那里。于是黑夜与白天在这刺眼的爆炸中混合交杂。一个瞬间,无处躲藏的瞬间,如同黑河底下不知停止的废弃物一样,瞬间分解出其他无数个瞬间,在无法抑制的繁衍中将自己埋葬。我们在其中看到了整个城市:它被废弃、新生、灭绝和永恒层层缠绕。我们期待看到什么?无处找寻的线性结构或是螺旋上升?那如同古老祭司以死求得的空洞谎言；而血肉、骨骼、心脏，在"瞬间"暴虐又不灭的繁殖中隐匿不见。我们不曾拥有生命，更不曾拥有死亡。

刺杀只能发生一次，只能发生在那一天。那是哪一天？过去、现在、未来——在这由无限瞬间充斥的时间中什么也无法确定。到底发生了什么，到底要发生什么。还有我和我的同行者，那个男人在我们之中，他的心脏在黑河底下。

2024年2月27日，都柏林

包裹

收到Nicky和Mike邮件的时候，我还没有完全清醒。Nicky在信上说她这半年来没再收到过若轩的邮件，他似乎再没在伦敦出现过，Mike说这也许意味着一场无限拖延。总之我们找不到这个叫若轩的人了，这意味着我的小说可能无法出版了。信的意思大概就是这样。然后，我被一个电话完全吵醒，从凌乱的被子里爬了出来。

电话那头要我去都柏林北部的十一区取一个邮政包裹。很多留学生都会接到这样的工作，按天付费，一天的工资是六十欧元，和一个芭蕾群舞演员参加一场演出赚的钱是一样的，也等同于在餐厅后厨打工的日结工资。至于打电话的人，总有一个巨大的网络，只要你有手机，你有联系人，他们总能找得到你。我有一些犹豫，主要是因为十一区臭名昭著，那里有帮派斗殴还有毒品交易，上周在十一区还刚发生过一起持枪抢劫案。但是我现在确实需要钱，所以我接下了这个跑腿的活儿。

电话那头给了我一个名叫纳文的工程师的手机号码，让我联系这个人，取到包裹之后立刻就给他送过去。这个名字听起来像个台湾人，或者是个印度人。这与我无关，我所要做的首先是去十一区把那个包裹拿到。我迅速抹了把脸，冲了一大杯咖啡。昨天晚上有一只不知道从哪儿来的透明的绿色虫子钻到了我床上，害得我几乎无法入睡；我知道那虫子先是躲在我脚跟后面，后来又从我左后背的地方钻进了后脑勺，它并没有叮咬我，只是搅得我心烦意乱。前几天听说这栋学生公寓里有个中国学生被咬了，据说是某种体型极小的黑色毒蜘蛛，叫"南方黑寡妇"之类的名字。也许是"假寡肢"或者"漏斗"，有毒的蜘蛛总是叫这样的名字，好像这些东西生来就是恶毒又令人恐惧的。我并不害怕这类多足的小型生物，但是最近一段时期，我确实每天晚上都能感觉到有不同的虫子往我床上钻：透明的、黄色的、黑色的、红色的或者像昨天那只绿色的，它们往往通体保持一种颜色，没有斑点和纹路。这些虫子从来没有叮咬过我，它们只是行走和躲藏，随后不知去向。

我出门前又抖了抖被褥，透明的绿色虫子果然不见了，它们一到白天就消失，什么踪迹都没留下。我看了路线图，需要搭乘三次公共汽车和有轨电车才能到达十一区的邮政取件柜。在地图上，那里看起来像是一个巨大的物流仓库区。需要带一把伞，三月份的都柏林一天下五六场雨也不足为奇，而且我还隐约记得这两天不知道从哪儿听来的广播消息说风暴艾尔莎要来，大概是从超市或者公寓的大厅这样的地方。总之，我带上了伞，出门往大教堂的方向走去——那里是第一辆公共汽车的站点。等了十分钟，公共汽车没有来，我才反应过来今天是周六，这意味着整个城市处在一种半休眠状态。我想，大概电话那头的人急需那个包裹，所以才会在周六雇人去取，也许和什么工程有关，网络工程或者铁路工程之类的。十年前，我们国家就开始参与匈牙利的高铁建设了，也许这个包裹和其中的什么零件有关。想到这里，我有一些焦急，一股莫名的责任感似乎把我和一项巨大的国家工程联系在了一起，我要尽快赶到目的地。

和我一起等车的有一个中东女学生，一个矮胖的爱尔兰女人，车站旁的垃圾桶前还坐着一个中年流浪汉。有时，这些流浪汉让我感到异样，并不是因为他们的样貌，而是因为我们丝毫不知道他们究竟是谁。他们知道关于我们的一切：我们的名字、身份、住处、行动轨迹，我们对他们却一无所知。有一次，出于好奇心，我偷偷爬进了和平公园里的一处流浪汉帐篷，帐篷里并不像我们以为的那样臭气熏天凌乱不堪，相反，里面秩序井然地摆放着一排空塑料水瓶，四卷卫生纸，一瓶洗发液，一块香皂和一条毛巾。我不小心弄倒了那排塑料水瓶，就在我把水瓶匆忙扶起来的时候，看到了毛巾后面的一本烫金硬壳册子，上面写着《二战时期爱尔兰牺牲烈士名录及可能性》。正当我想要拿起看看上面究竟写了什么的时候，我感到周围有动静，于是便慌忙爬出了帐篷，却正面撞上回来的流浪汉。让我感到意外的是，流浪汉既没有惊讶也没有生气，他用极其冷漠的眼神看向我，我瞬间被难以名状的、巨大的负罪感压倒，不是出于我偷偷潜入流浪汉帐篷的负罪感，而是真正的、来自生命的负罪感。现在，车站旁的那个流浪汉让我想起了那时和平公园的场景，我甚至怀疑车站的流浪汉就是公园的流浪汉，或者这个城市的流浪汉都属于某个秘密组织，或者他们是同一个人，只是在不同时刻不同地点轮番出现。

我这样想着，便觉得此时有人在监视我的一举一动，可能是流浪汉，可能是那个中东女学生，他们都有着某种将自己遮蔽起来的掩护物，比如面纱，比如垃圾桶。这时公交车到了，我找到最后排的一个空座位坐下，我想这样就没有人能从后面监视我了，然而我刚一坐下来，却又感受到了那股让人厌烦的注视，就像夜里爬到我床上来的看不见的虫子，黏腻，不咬人，可无法摆脱。好在我的前面坐了一对情侣，大概来自意大利，他们一刻不停地说话，我听不懂意大利话，但我知道他们在说什么。他们似乎在为今天去哪里而争辩，男的说要去南区的海，女的说今天有风暴不去海边；男的又说要去市中心的公园，女的说公园里到处都是松鼠，她对那种东西过敏……我逐渐对他们的争执入了迷，跟随他们的对话想象其中提到的每一个地点，总是男的发起提议，女的拒绝；女的并不提议，然而却掌握了最终决定权。等我回过神，发觉自己不知怎么跟着他俩一起下了车，好在和我要去的有轨电车转乘站是同一个地方。这次我运气很好，有轨电车马上来了。我故意拖慢脚步上了车，透过车窗看到马路对面的意大利情侣还在争辩，车开动的时候，他们索性盘坐在了地上继续着无休止的对话。

整十站。有轨电车需要纵穿整个城市到达十一区，从那里再换一辆慢速公交车就到了。还有些时间——虽然那让人不舒服的注视又出现了——可是此刻一阵睡意突然袭来,随着电车的摇晃一起把我拽入梦中。我并不知道自己做了什么梦,实际上,我处在一个奇怪的境地中:有人监视我,我分不清来自前方,后方还是旁边,也许是地上;我睡着了,似乎做了好几个梦,却无法记起或辨认出其中任何一个;我在摇晃,这让我感到恶心和不快,却同时让我变得放松,我不断向前,却静止不动。过了很久,一个巨大的刹车把我弄醒,这时已经是下午了,电车后面的城市显得异常遥远,无数团巨大的乌云在远处蠢蠢欲动。我一定坐过了站。我跑到电车前部问司机这里是不是十一区,司机说是,他还说"你已经睡了一个多小时了,我们都在等你醒来"。

我后背瞬间冒出一大片冷汗,我一边低头不断向司机重复说着"谢谢,对不起",一边赶紧离开有轨电车。司机和电车并没有离开,我感到他一直在看着我,甚至发出一阵莫名的笑声。我加快了脚下的速度,手机地图显示我离取件柜大概有2.6公里的距离,我决定不等下一辆公共汽车了。取件柜的方向和我此刻的位置是一个直线距离,于是我用尽全力向北边奔跑。左右两边都是一样的树、一样的矮厂房、一样的小山丘,还有一样的云朵。而此时的云层越来越低,我感到间或有雨滴落在脸颊，我心跳无比的快，混杂了疲惫、兴奋、未知和恐惧。我顾不上理会监视我的那个无处不在的视线，这一切快要结束了。

我一直跑，以至于忘记了取包裹这件事，仿佛这样跑只是为了到达最北方，仿佛北方有一个孤独的神秘洞穴，找到后就能获悉一切秘密的真相。突然，一个巨大的 Lidl 超市出现在我眼前，我认出了那蓝底黄字的标识。超市的出现让我再次想起自己现在的任务，我意识到此时我也许已经来到了取件柜所在的区域。巨大的超市，巨大的物流仓库——它们是同一个地方。虽然刚才的奔跑让我筋疲力尽，超市的出现却给了我巨大的鼓舞，这意味着附近有和善的、正常过着家庭生活的市民。果然，透过超市的玻璃门，我看到婴儿车上的孩子，友爱的夫妻，老人和学生。这对于此时的我来说无疑是一个巨大的慰藉。我在二十出头的时候也无数次设想过自己在三十多的时候该是什么样子的，我以为自己能有一个幸福的家庭，我的写作终于步上正轨，按部就班地生活；我当然不会想到现在的我在这么一个寒冷孤僻的地方，在世界的最西边，周围既没有家人也没有朋友。昨天我读到布朗肖介绍自己时仅有的一句话：为文学倾尽一生。当然，这句话听起来刻意且惹人发笑，或者我只是为了掩饰我的失败感而借用了这句话，总之，今天早上 Nicky 的来信再次宣告了我的一无是处。

　　我不知怎么绕过了正门，来到了超市背面。这里是一大片空地，散布其中的是一排排物流仓库，它们像巨型集装箱一样并排陈列，有超市的十倍之大。包裹存放柜就在其中，极不协调地被放置在物流仓库中间。就在我往仓库中间走去的时候，又一个流浪汉出现了，他以同样的熟悉的姿态坐在仓库边上的一个垃圾桶前，低着头，看不清他究竟睡了还是醒着。流浪汉总是和这些垃圾桶同时出现，你甚至不知道这些垃圾桶为什么会出现在这里，也许垃圾桶是他们传递某种信息的联络通道，比如，监视什么人或者完成什么隐秘任务。我突然想起公园帐篷里那本我没来得及翻开的册子——《二战时期爱尔兰牺牲烈士名录及可能性》——这是一个古怪的名字，有历史，民族，人，死亡，还有可能的未来。我意识到这个册子有着另外一层还未显现的，还在遮蔽中的含义，不知道为什么，想到这个可能的含义让我有了一丝不安的预感。

　　我按照早上电话里给我的指示输入了好几次取件密

码，然而取件柜无动于衷，一次次在屏幕上显示"Parcel not found"。这时天已经接近暗淡，也许是夜晚来临，也许是风暴艾尔莎到来的前兆。我只得用手机拨打邮局的电话，电话那边传来持续不断的音乐声：单调、乏味、毫无生气。对了，今天是周六，我甚至无法确定是否会有人来接听电话。最让人烦躁的是这无聊的音乐声极其朗朗上口，让人听着听着就不禁跟着它哼唱起来。我偷偷观察着流浪汉，总觉得他也在跟着哼唱这段音乐。在我哼到第二十遍的时候，终于有人接听了电话，是个印度女人。我质问她为什么在取件柜里找不到我的包裹——这包裹不是我的，我甚至不知道包裹里面有什么，然而我越说越激动，以至于我真的认为是自己丢失了一个包裹。她用带着浓重口音的英语让我继续等一下，她要给快递员打电话确认这个包裹在哪里。于是我举着手机继续等待，间或瞥一眼流浪汉，有那么一瞬间我几乎可以确认他就是和平公园帐篷的主人，也是车站旁的那个人。

印度女人回来了，她对我说，包裹已经不在十一区了，半小时之前快递员把它送到了市中心的小仓库里。我分不清究竟是因为印度女人的口音，还是因为我在流浪汉的注视下已感到不知所措的缘故，此时我已经忘记了取包裹是我的有偿工作，我完全把这个事件当成了自己真实地、竭尽全力地要取回一个从国内寄来给我本人的包裹。我不停重复着向印度女人大喊，问她那个小仓库在哪里，我现在过去是否能取到我的包裹。印度女人丝毫没有被我的喊叫动摇，她依然让我继续等一下，她要确认小仓库的情况。我再次等待，天已经逐渐黑了下来，由于虚脱和黑暗将至，周围的一切显得充满危险。印度女人又回来了，她说小仓库已经在一分钟前下班了，你今天取不到那个包裹了。我终于没有力气向她吼叫了（完全无济于事），我说："可是我今天必须取到它。"印度女人这次没有让我等待，她给了我小仓库的地址，说："非常抱歉今天您未能取到您的包裹。我们的客服经理将在稍后与您联系，为您提供进一步协助……"

我没有等她说完就挂断了电话。印度女人很明显只是一个中间的接线员，她既无法掌握包裹的配送取向，也无法控制仓库的时间。我明明和她处在同样的位置，我既不知道那包裹里面究竟是什么，如果今天没有拿到里面的东西会造成什么样的后果；我也不知道它从何而来送向何处。毕竟我被告知的地点也只是一个中间的转运地带，一个远离城市的包裹取件站。而电话那头的人很大概率也只是一个中介，他可能只是受某家公司所托，需要找个人来跑腿而已。对了，我应该给那个叫纳文的工程师打电话。由于刚才在印度女人的电话线上耗费了过多等待的时间，我的手机电量也已经来到了红线处。我必须在电量耗尽之前给纳文打电话，告诉他今天取不到包裹了。我拨通了纳文的电话，是一个刚睡起来的声音，带着马来西亚或者台湾地区的口音，我问他是不是纳文先生，那边说是。我不知道怎么介绍自己，就说我是那个取包裹的，今天他们让我把东西给你，但是包裹取不到了。

电话那边沉默了一会儿，说："啊，那个包裹……这个事情很奇怪，因为我也不是他们公司的人，他们只是让我帮着接收。"

"那我现在应该怎么办？"

"我也不知道，他们只是让我帮着接收。不然你明天再取。"

很明显，我无法从纳文那里得到更多的信息了，他也只是一个中间人。我们所有人都处在中间状态，如同失踪。所以现在汇总的信息是：虽然有人要求我今天取到包裹，但整个事情本身就处在一种诡异的中间状态，就连包裹本身也在中途的转运中丢失了。我可以马上离开这里赶去已经下班关门了的小仓库，但我依然从那里取不出任何包裹。甚至还有一种可能，印度女人由于某种我们不可知的原因弄错了信息，包裹也不在小仓库里。

唯一幸运的是，此刻并没有下雨，天也没有继续暗下去——整个天空仿佛也被悬吊在一种奇怪的中间地带，一边是漆黑的乌云，一边是挣扎着马上要暗淡的暮光。

流浪汉那边发出了一些响动，一个瘦小的人影从他和垃圾桶后边闪过。我靠近了一点，那个人影很像班克斯女士：瘦小，优雅，黑色高领毛衣，雪白的头发盘得紧紧的，走路悄无声息。那个人确实是班克斯女士。然而这不可能发生，因为她两天前才去世了。班克斯女士是业余芭蕾班的老师，她今年七十多，或者已经八十了。她是芭蕾黄金年代的舞者，曾与那些苏联最伟大的名字一起登上过舞台。她已无法亲自示范动作，然而她高昂的脖颈和如剑一般的脚尖都透露出她已将一生奉献给了芭蕾，超过了热爱，完全成了生理性的肌肉记忆。她没有结婚没有孩子，父母也早已不在。她很孤独，因为教完课后她总是在教室里待很长的时间，看年轻人继续进行旋转练习和拉伸放松。有一次我因为忘了带水壶又从学校办公室返回了芭蕾教室,班克斯女士还在教室没有离开,她一个人坐在把杆旁边的小凳子上,套着黑色高领毛衣和黑色棉布舞鞋,她低着头,似是在打盹,又仿佛在回忆自己原来的日子,那些日子仿佛比教室外面的风还要轻。此时,暮色中的风穿梭在仓库之间,突然变得悄然无声,我没有看错,刚才过去的身影的确是班克斯女士。这是一场衰老演习,不久之后,我也将和班克斯女士一样孤独老去,坐在某处小小的凳子上,不再有未来,只有回忆。

一阵烟火和射击声传来,就来自物流仓库后面,原来在这片空地之后还有另一大片空地,看起来更大更无边际。我又强烈地感受到了之前的目光注视,和之前略有不同,现在这注视变得急促又炽热。我经过流浪汉身边往后面的空地走去,那里有一群人。流浪汉也跟着我站了起来,他抱着那只垃圾桶,从里面掏出一本硬壳册子递到我手上。册子上面什么字都没有,只是一个普通的精装册子而已,我把它扔在地上。这时我也看清了空地上的这群人:他们在举行一场时装秀,人人穿得奇异而招摇,每个人似乎都在扮演某种小动物；他们手上都拿着一把玩具猎枪，瞄准空地中间的一个塑料包裹进行射击练习。又一阵持续的射击之后，空地中间的包裹被彻底击碎，从里面爬出来一只巨大的、绿色的虫子。

2024年4月21日，都柏林

水妖

我被人发现的时候,是周二下午两点。

他们会看到一张往左扭曲的脸,由于浴缸的挤压而变形。我本想让这张脸看起来更平静一些,然而我承认,在最后一分钟,我害怕了。他们将推测我是自杀死亡,或者意外死亡。无论是哪一个结论,不用过几个小时,我的皮肤下面都会出现暗红色的斑点,他们自然会把结果忠实地记录在马城警察局档案里。每年这个时候,总有这样的事发生。

整个世界都在找我,在警察闯进门来的那一刻,我的手机终于由于电量耗尽自动关了机。我想酒店里的人,包括戴克在内都以为我只是醉得不省人事。

这个小伙子正涨红着脸,僵直地站在3A门口,他刚才用自己口袋里的万能钥匙卡刷开了我的门。前天我来酒店前台做入住登记时,就是他接待的我,戴克,和那个跑去给英国国王画肖像的荷兰艺术家的名字很像。戴克给了我一间可以看到马斯河的房间，还特意向我展示了胸前别着的一只徽章，是一个好看的、洁白的侧脸，他向我郑重介绍这是马斯河的水妖罗蕾莱。他说他在某个考察期（我没太听懂），希望我在这里一切愉快。我记得我从前台的接待桌上顺手拿了一块免费巧克力，说明天是我的生日，一切都会愉快的。

我相信在警察把我抬出酒店之后，戴克会告诉所有人我躺在那个"依照人体生理机能而设计的"全自动按摩浴缸里，赤身裸体，一动不动。他也许会发现我左侧的脸已经被挤压出无数条全无生气的皱纹，而右侧的脸却依然平整光滑。我在他眼里看起来肿胀而苍白。戴克也许还会发现我的中国护照，那他马上就能知道今天并不是我的生日。接下来，他们很快会和"香槟王"取得联系，说我死了，希望他们能尽快来处理我的尸体，以及支付酒店账单。戴克不会发现更多了，其他人也不会。

有个艺术顾问在 TEFAF 上死了——这件事当然会被四处传播，虽然这句话本身充满歧义——艺术顾问是死在了展览的场地里还是在展会期间发生了什么？艺术顾问这个职业听上去就和此事的原因一样飘忽不定，整句话完全像是一个夹杂了谎话的谣言。两辆白色的圆形警车穿过马斯河，后面跟着一辆救护车，我的尸体就躺在那辆救护车里，已经开始僵硬，彻底失去了任何可能被救赎的意义。车顶上的警灯一刻不停地闪烁着蓝色和黄色的光芒，把我的脸照得忽隐忽现。

我不记得是不是就在此时开始下雨。这是我第二次来这个城市，却第一次碰上下雨，这可能是个好兆头，我想这意味着我在这里能睡个很好的觉了。路上没有人打伞，他们不断重复这是一座被水妖的歌声所庇护的城市，所以没有人害怕水。关于这里和水妖们的传说，我已不记得是谁讲给我的了，很可能我是把一切都搞混了。戴克此时一定守在大教堂酒店的门口，诚恳地为每一个准备出门的客人指路，生怕他们在雨中迷失了方向。此刻警车从一个老人身边驶过，他看起来很像戴克：他们有着同样瘦高的身材，红色且发暗的头发，凸起的颧骨，和藤蔓一样的手指。他们守着马斯河世世代代生活，从年轻人变成老人，再从老人变回年轻人。胡安娜和我说过，如果到了深夜还有人在马斯河上游荡，他们就会听到水妖的歌声，趁人们因歌声而出神的时候，水妖就会冒出来把他们拐走。我想，就是从那个时候开始，我把一切都搞混了。

　　胡安娜还告诉我，"香槟王"的整个三月只用来为马斯特里赫特的客人服务。她说："准确地说，我们是为TEFAF的人服务，卖给他们香槟，随便他们是用来喝，还是用来洗澡的。"

　　去年第一次带我来马斯特里赫特的人就是胡安娜，她是"香槟王"的全球市场总监。根据她讲给所有人的故事，她的父亲是新加坡华裔，姓胡；母亲是二战时从圣彼得堡移居美国的俄罗斯后裔，所以给她起了安娜斯塔西亚这个名字，她给自己简化成了胡安娜，听起来方便，用她的话来说——"很好用"，而且，"现在的消费世界，谁不喜欢中国人和俄罗斯人呢"？其实压根儿不需要"胡安娜"这个名字，人们也能从她小麦色的、母豹一样机警的脸上判断出她的身世背景。她讲很多故事，也很会讲故事，比我认识的大多数依靠故事谋生的人要讲得好得多。我记得她第一次找我说话的时候，我不停擦着脸上的汗以防止汗水浸透我整个身体，当时我闻起来像一团潮湿的、馊掉的旧抹布，这让我记忆深刻并为此难堪。

　　那段时间我正承受着激素和血脂带给我的双重压力。

我在说不清的、不确定的时刻感到过度兴奋或是过度沮丧——不管是快乐还是不快乐——这些时刻都会导致我流汗，无法抑制地流汗。一旦入睡，这些过剩的汗水就奇特地被困倦完全压制住了，然而只要到了白天，我就又开始不受控制地流汗，这让我整日处在一种黏稠的状态中。我看起来一定很糟糕，这是老去的前兆。我知道，我最终看起来是并且已经成了中年男人。我首先需要承认身体的某个内在部分已开始老化，不再听我使唤；它用气味和代谢提醒我总有一天我会和夏先生一样，企图通过用酒精洗手来保持徒劳无用的清洁。和夏先生不一样的是，我自作聪明去找了赵主任，他给了我一沓资料，资料里是类似"康复食谱"的东西：西兰花、西红柿、圆白菜、玉米、南瓜、红薯……全是乏味无趣的食物，它们吃起来味道几乎一模一样；还有，绝对不能喝酒。刚开始，我确实很听赵主任的话，据说赵主任就是用他的"健康蔬菜汤"和"规律生活法"治好了一个又一个像我这样突然发现自己无法控制自己身体的人——虽然我既讨厌蔬菜，又厌恶规律生活。吃到第十天，在咽下一口煮得稀烂的西红柿后，我终于把所有健康的蔬菜天翻地覆地都吐了出来，那一刻是我这些天来最舒服的一刻。夏先生从不相信这些整日穿着白大褂,上衣口袋里永远插一支黑色签字笔的医生们,他认为这些人不过是以虚假的权力企图掌控别人身体的人,他在生死这件事情上只相信老车。而我在呕吐过后,也想起了老车说过的话,"那一刻,人就达到了超验状态",那是一次他吃多了涮羊肉拉肚子的时候和夏先生说的。

老车总是和夏先生说很多话,我在一旁听着。他们之间有一种默契,我直到这些年才知道其中的秘密所在。还有另外一种可能,他们之间达成默契的那个秘密随着夏先生的死去变得更加诱人,与我的渴求和想象混杂在一起,不肯停歇地刺激着我的汗腺,催我老去,催我变成他们,催我和他们一起滚入那个秘密歌声的漩涡中去。

呕吐后的当晚,我便去了"香槟王"的派对,其实我完全忘了是谁把我找去的,我当时胃里空得厉害,只是迫不及待地想要喝点儿酒,最好喝个烂醉如泥。我往脖子里顺手拴了条墨绿色的窄丝巾——自从夏先生死后,我总是觉得脖子里凉得慌,尤其是夏天。夏先生的衣柜里有很多这样窄长的丝巾,他说是几十年的时间收集起来的,这些丝巾有各种颜色,却都没有任何花纹。我并不热爱香槟,在我看来这是一种具有欺骗性的酒:甜美,轻巧,愉悦却能以最快的速度令人晕眩。"香槟王"不愧为"世界上最贵的香槟",我已不知不觉地喝得晕晕乎乎了,好像有几个人,男的女的都有,他们走过来对我露出夸张的笑容,我熟悉这种表情,他们的笑容空无一物。然而我记不起来是否认识他们,也许从来没见过他们,在这样的场合里,我们很难说自己真的认识谁。我又开始流汗了,从背脊中间开始冒汗,直到胡安娜走来夸赞这是条罕见的古着丝巾,我才拿起旁边吧台上的一沓餐巾纸抹去脸上和脖子里的汗。

胡安娜一定也闻到了。她的"香槟王"流过肾脏、汗腺和呼吸之后迅速合成蒸发出的那种憋闷的酸臭味,与夏先生的墨绿色丝巾混合在一起,让人想到死亡,以及被死亡彻底瓦解掉的生命意志。酒精放大了一切,丝巾上所滞留的最后一丝来自死者和衰老的气息也被无限扩散,仿佛透过可怜的残余念想,那条丝巾的主人又活了过来。

"他们说如果我对艺术有点儿兴趣,就一定要来认识你。"

胡安娜说这话的时候身子轻轻晃动,有摇曳的节奏感,我打赌这一定让很多男人为她着迷。但此时她的晃动只是加剧了我的晕眩,香槟的后劲已经窜到了我脚跟上,我不得不收紧自己的肩膀以维持清醒。

我此时的局促和紧张并不是故意为之，我听说很多社交场上自诩的"文化人"开始学着运用这套手腕让自己看起来真挚且朴实，对于名利场上这些虚荣又自恋的人们来说，这套手腕确实一击即中。胡安娜大概以为我轻视了今晚这瓶酒的分量，也或许只是为了缓解我的尴尬（她以为我出汗是因为醉酒的反应），于是把头更明显地歪向一边，说："这支1998年的'黑中白'是从总部特别运来的，挺容易醉。"

酒确实是好酒，我满嘴都含着香槟起泡后特有的连绵不绝的小气泡，它们一个个在我舌头根的地方噼里啪啦分裂、跳动，迫不及待地怂恿我，要接管我的意志。我想，夏先生终究是对的，我们早已腐败的身体是赵主任的"健康蔬菜汤"管不了的，此时只需要这么几杯昂贵的香槟酒，任何事情我都能答应。

"这酒让我浑身发热。"

我吞下嘴里的香槟酒，摘下脖子上的墨绿色丝巾递给胡安娜，我们达成了一致。

在"香槟王"的市场推广上，胡安娜的确是个天才。她不是那种只满足于穿条漂亮裙子，在酒会上卖卖广告的女孩儿，她用她母豹一样的直觉抓牢了我。酒会过后我整整昏睡了两天，然后在醒来的第一时间就带着胡安娜去找了老车。赵主任有一点是对的，我身体里那个看不到的、已经开始老化的部位首先影响的就是代谢功能：两天了，我看到自己全身上下的血管里都灌满了"香槟王"的细小泡沫，我能感觉到血液和酒精之间所进行的摩擦和碰撞，它们彼此争论，如同一个清教徒和享乐主义者之间所进行的无休止的斗争。根据赵主任的说法，我现在的血液功能已经无法正常代谢任何超量的酒精，喝酒可能会让我在任何一个地方，任何一个时间马上"过去"，没人知道这期间糟糕的化学作用是怎样发生的。就像没人知道夏先生走的那天中午，是不是他残留在体内的酒精发生了化学作用，而那残留的酒精可能是一天前的，也可能是一年学的。

我带着胡安娜来了老车的工作室，在机场附近的一个巨大园区里，据说这里有一半的仓库是用来放飞机的。这也是夏先生死后，我第一次来找老车，不，准确说是第二次。我在夏先生死了的第二周就把老车的作品全卖了。在那之后，我才意识到夏先生是真的喜欢老车的作品。

无论从哪一方面来讲，老车都不是一个能让人愉悦的人。他长得又高又瘦，第一眼看上去并不像一个艺术家；

他身上倒没有那种让人讨厌的自命不凡,夏先生说他"狡猾而诚实"。狡猾而诚实,鬼祟而愤怒,极乐而悲观,仗义而狭隘,你能在夏先生的形容后面再紧接上无数个自相矛盾的词组来形容老车,这些词组无限接近他本人,然而你就是无法想起他本人究竟长什么样子。同时,这些和他无限接近的词组也无限接近着他画里隐藏的、说不出来的灰暗——绝望。

人们以为我一定是为了钱才卖掉这些画的,还有人说我是为了画才去搭上夏先生的。我理解说这些话的人,在我们这个行当里,大家要么只看到值钱的人,要么只看到值钱的东西,我想,这大概就是他们那么需要酒精的缘故。老车的画里有某种东西:隐蔽、缠绵、潮湿,如藤蔓一样恣意生长,夏先生生前我无法辨清那些是什么,夏先生死后,那些奇形怪状的材质和画里扭曲变形的鬼影总让我感觉那东西都是夏先生的眼睛。"无尽",就和挂在客厅里那幅黑咕隆咚的画的名字一样。老车在一次采访报道里讲到黑色画布上延伸出来的那些"无规则的白色纤维"隐喻(艺术家们酷爱这个词语,无论用作名词还是形容词)着人类的恐惧与未知的深渊,我读过很多遍这个采访,现在想起来,那个"隐喻"也许只不过是莫尼耶葡萄叶子上的白色绒毛而已。它们，和它们的发酵物一样，总能制造出荒唐的愉悦感来。让我想想，《无尽》是最先卖出去的，卖给了南方沿海地区的一家美术馆，美术馆担心画布上那些白色的葡萄叶子纤维到了南方也许会染上潮湿的霉菌发生变异，他们特意拜托我问了老车，老车却说这样更好。更好？是指他伟大的作品，还是卖掉他作品这件事情？没过多长时间，夏先生手上所有的老车的作品被我全部卖出，我一张都没留。这让我的银行账户一下子就到了八位数。我始终努力想让自己兴奋起来（我觉得自己应该为此感到兴奋），但我却感到气馁，自始至终的气馁，就像一脚踩空了台阶，黑暗中动弹不得。甚至有那么一瞬间，我竟想要把我新账户上一半的钱转给夏先生那个远在瑞士的女儿。

到现在我也不清楚夏先生究竟给他女儿留下了多少钱。自始至终，他女儿一直保持着优雅和沉默。两年前夏先生走的时候是七十三岁，生日刚过没两天。在夏先生的火化葬礼上，他女儿并没有和我说过一句话，只是带走了夏先生的骨灰盒，没有解释任何原因。那天，我站在殡仪室后面的一个角落，仿佛只是和死者有过一面之缘的朋友；最终，我们得到了应得的一切，我是说我和她。我知道别人是如何议论我的，但我到现在也不知道夏先生的女儿是怎么看我的，我不知道她是否相信我和夏先生之间有过感情、欲望和厌恶，和一个人在一起这本身就意味着彼此憎恨，可能还更多一些，比如成为彼此。

在卖掉老车的画之后，我变得更加孤独，也因此更频繁地穿梭在各个展会和酒会上，这个世界竟需要这么多的狂欢来掩饰我们注定坠落的命运。我碰上了很多人，人们好像都认识我，向我致意，虽然我不知道他们在致敬什么。他们忘了我从不曾拥有过老车的画，也不知道我从来没想卷入任何"艺术圈"里去，我只是对那些画不知所措而已。我现在在他们眼中变成了一个有品位的艺术界的重要人士，因此他们不在乎我是否已开始变老，开始汗流浃背，开始夜不能寐。他们默契地绝口不提夏先生，只有老车，会在他空阔的、充满回音的工作室里用一次性纸杯给我倒上一杯茅台酒，说："纪念老夏。"

我知道此时我的血液黏稠度已经到了危险的边缘，哪怕是睡了两天后我依然昏头涨脑，世界和我之间仿佛隔了一层不透明的磨砂玻璃，我再也无法置身其中，我开始怀疑赵主任所说的人"过去"的时刻是否意味着我将被永久地关在磨砂玻璃之外,再无入口。我还是接过了老车用一次性纸杯递来的酒,虽然这纸杯里的茅台显得比任何时候都更悠长而焦苦,就像火化葬礼那天老车倒在殡仪室地上的那瓶酒一样,留下灰暗的,温暖的,持久不衰的痕迹。

我和老车当然明白这意味着什么,几乎同时,老车打开了胡安娜带来的"香槟王"。老车是个开酒好手,无论什么酒,白酒还是洋酒,六块钱的二锅头还是六万的拉菲,他开起酒来干脆利索、毫不迟疑,他甚至能用油画刷子的木柄顶端撬开啤酒瓶盖,没人知道他是怎么做到的。

他开香槟的过程就像完成一场神秘的魔术表演:右手揽在瓶颈处,第四根指头微微跷起;左手轻柔地旋转瓶盖上的铁丝环,一,二,三,四,五,六,正好六下,铁丝环围成的笼子彻底松懈,小鸟从铁笼子里飞出来了。一秒钟,小鸟消失,接着"嘭"的一声,一整瓶金色的血,和它的羽毛一个颜色。胡安娜几乎看呆了,就像我第一次看到这个表演的时候那样。她忘记了晃动她的屁股,她的眼睛里升起一层迷醉的光景,眼前的香槟酒幻化成了一件艺术品,她来不及做任何表情,不知道该做什么表情,直到老车把金色的液体缓缓倒进一个简陋的白色纸杯里。胡安娜用了好久才回过神,用一种来自模仿的奇怪声调说:

"就是这样,我们的酒。"

老车既没笑,也没看她,他轻轻地说:

"我不喝酒。纸杯是给你们准备的。"

"亲爱的安娜,老车不喝酒。医生说他没有消化酒精的酶,重度过敏。"

"亲爱的",我可以把这个前缀说得既自然又亲切,虽然我来自一个从不涉及这种词语的家庭。我很久没有回过家了,甚至"回家"这个概念也离我越来越远了。人们回家总是要唤起什么,比如记忆,温暖,还有心;而我什么都没有,我是一个自私的人,我没有记忆,没有温暖,也没有心。所以我可以把"亲爱的"这个词用在任何人身上。我最大的天赋就是可以和所有女性建立友谊。不需要太长时间,她们很快就能把我当作一个最值得信赖的朋友和合作对象。大家都以为我从老男人身上赚钱,得了吧,那些老家伙让我感到害怕,他们一毛不拔。即使是后来和夏先生在一起,我也没从他身上拿到过多余的钱,我的钱都是从女人身上赚来的。她们信任我的艺术品位,信任我的社交圈,信任我保守秘密的能力,最重要的是,我永远不是她们。

至于老车究竟有没有消化酒精的酶,这故事有好几个说法，光我听过的就有皮肤过敏、脚腕肿胀、暂时性休克、连续高烧……这些说法起因不明，结果未知，所以他能不能产生消化酶并不重要，重要的是你相信了哪个说法（还有更多的说法）。即便每个人都挑拣了其中一个说法并对此深信不疑，还是要拎上昂贵的酒来拜访他，自然，老车能不能喝那些酒也不重要了。老车有一个巨大的智能酒柜，全体黑色，玻璃门顶部有一排控制温度和湿度的按钮，他说是某个做智能化软件的企业家送的。企业家说他知道老车不能喝酒，他纯粹是心疼别人送来的那些酒，就让老车用这个酒柜把大家的酒都存放起来。我和夏先生来老车这儿的时候，从没见酒柜上的指示灯亮过，这次带胡安娜来，那酒柜依旧没亮，我甚至不知道老车把酒柜的电源线塞在了什么地方：它看起来如同一具没有生命的庞然大物，笼罩在一副永不启动也不腐朽的躯壳之中，无聊、突兀、气喘吁吁。

　　老车的工作室有三层，加起来有一千平方米。只有很少的人才知道，老车其实就睡在三楼最右边那个被隔出来的房间里。房间三十平方米左右，一张床，一个单人写字桌，一架电炉灶。除了这个房间以外，三楼整个一层都是老车的图书馆，里面堆满了各种各样晦涩高深的书，哲学、历史、文学、科学,并没有任何艺术画册。老车在所有的访谈里都说这些书就是他的世界,远比他的任何作品都重要,有人说他确实把所有的书都读完了;也有人说,老车读书从来不看里面写了什么,他只记书名、作者名和目录,然后用十分钟的时间翻完整本书。我想,即使这样,翻完这么多书,也得花上不少时间。

我当然知道胡安娜在想什么,要做什么。

关于老车有没有妻子和孩子也有好几种说法。一种我们见过,他睡了一些漂亮姑娘,从不领着她们出入公开场合,没人知道他们是在哪里做爱 —— 在酒店,或者就在他三楼那张简易的组装床上?还有一种说法,老车有一栋秘密别墅,位于北京的三环高速公路入口,他其实一到深夜就会回到自己的秘密别墅里,继续去和那些同样不愿让人知道自己姓名和住址的人去做邻居;更耸动的故事细节是老车把他的秘密别墅布置得富丽堂皇,堆满了名贵的大牌家具 —— 就是那些有着古怪的意大利名字的家具,由山毛榉木或者阿尔卑斯山的木材制成,镀金或镶嵌水晶,将这些家具运到北京必定是一个费时费力的过程 —— 在谣传者的嘴里,这些家具的存在自然成了老车这 K 样的艺术家的破绽 —— 这些家具和一个艺术家丝毫不匹配。

由此衍生出一个关于老车的秘密老婆和孩子的说法，有传言称老车确实有一位从不示人的妻子，和他同样来自家乡舟山。人们说他在舟山的某个小岛上为妻子和孩子建了一座庄园，孩子在瑞士上学，老婆则一直在岛上给他打理海上庄园。这个传言源自一位艺术学院的老师，当时我也在场，艺术学院老师在对老车的庄园进行生动描述时，从口袋里掏出一块化了一半的瑞士巧克力，称这是"正宗的"证据，声称就是从老车工作室找到的。

我既不相信老车的秘密别墅，也不相信海上庄园。或许他真的有个妻子和孩子，但夏先生从不求证这些事情。他和老车之间有一种绝对默契，我见老车第一眼的时候就知道他们是老朋友了。在老车的工作室里，他们总是坐在沙发的两边，一人说话的时候另一人无需注视，他们在相互观望，相互推敲，心领神会。这个时刻一些看不到的东西萦绕在他们周围，比如《无尽》。夏先生死之前一周，北京迎来了十年来最大的暴雨，窗外电闪雷鸣，他坐在阳台的躺椅上和我说《无尽》是老车第一张卖出去的画。夏先生自然是在嘱托我。

我认识夏先生的时候，是一个杂志撰稿人和半个艺术掮客，我最擅长的领域是写关于名酒、名表和艺术品的文章，虽然在现实生活里，那几样东西我都不曾拥有，然而我对这类文章却驾轻就熟。我其实并不擅长分辨文章里那些昂贵事物的价值，然而我掌握了一种特殊的写作风格。在我掌握这类写作风格的过程中，父亲逼我学的地理学专业倒是派上了用场：地理学是一门以想象和抽象概念为前提的学科，这使我掌握了大量陌生而奇特的形容词和比喻方式，以及丰富的联想。本来我应该如父亲所愿，回家接替他在城乡规划所的科员位置，过上一种"踏实且朴素"的生活。父亲一定不会想到，他从未听说过的奢侈品的名字竟以一种微妙而讽刺的方式与挂在家里墙上的世界地图紧密联系在了一起，那张世界地图由蓝色、绿色和棕色组成，被经线和纬线分割成一个个美丽的国家，蕴藏着无尽宝藏。人们称赞我"用人文的眼光审视品味"，于是我不仅只是一个撰稿人了，我开始介绍各种奢侈品，并与一些年轻艺术家合作，我喜欢这些刚毕业的学生，他们急于被看到，还不知道岁月的奥秘。我把那些掌握着奢侈品品牌命脉的女人和她们的朋友一个个领进这些年轻孩子的工作室里，我就像说服西班牙国王的麦哲伦，为她们描绘虚无诱人的宝藏世界。我看起来充满激情，过于夸张。我知道那些年轻孩子们在背后嘲笑我尖细的嗓音，嘲笑我色彩过多的穿着搭配，就像那些女人肆无忌惮地捏弄我的肩膀一样，她们知道我绝不会有生理反应。在这些女人和年轻艺术家的眼中，我既不是男的，也不是女的，我是个必要但不重要的介绍人，可我却实实在在地从他们那里赚到了一些钱。

我始终很感激夏先生教会了我很多东西。实际上，他并没有给我讲过太多他过去的故事，除了知道他女儿从小就生活在瑞士之外，我对他的经历，以及财富的来处一无所知。像我这样的人年轻时候看起来要比一般男性细白、光洁，然而一过三十岁就很容易发胖，紧接而来的是脸上不断冒出的细纹、随时暴起的粉刺和变幻莫测的荷尔蒙。见到夏先生的那天我刚满三十岁，他教我的第一件事情就是如何压低自己尖细的嗓音。我们自然很快辨认出了彼此，我从他身上嗅到了某种气息，夹杂着汗腺的分泌物和年老的附着物。我现在想起来，那味道既可怕又熟悉，我知道多年后，自己身上也会和他一模一样。

夏先生死后的第二周，我就去他常去的那家医院给自己脸上也埋了线，这样，我的脸就能一直维持在一个光滑的状态中。他把金宝街的公寓留给了我，连同公寓里的一切东西：老车的艺术品，还有整整一衣柜的衣服。夏先生的遗产处理得也算干净利落，他把存放在瑞士银行里的钱，以及瑞士仓库里的其他艺术品都留给了女儿。夏先生的遗嘱写得清楚明白，签名整洁有力。在他死前的那个晚上，夏先生还是给自己倒上了一小杯茅台酒，他喜欢喝这个东西，他说喝点儿酒才睡得着觉。我是跟了他之后才学会喝白酒，即使喝到现在，一小杯白酒也总让我觉得全身灼烧，异常清醒。第二天下午，阳光最好的时候，夏先生在午睡中离开了，在阳台的躺椅上，没有痛苦，也没有挣扎呻吟，很安静；要说预兆，可能就是前一周的连续暴雨。他的脸被太阳晒得又暖又软，嘴角保持着一种奇异而持久的微笑，你无法分辨这究竟是他预感到了自己的最后时刻而露出的坦然，还是由于埋在脸里的美容线拉扯肌肉绷紧而产生的僵硬效果。现在，我脸上的肌肉也出现了和夏先生一样的线条。在做完埋线手术的那个下午，麻药还未完全消退，我感到肿胀和疲惫，便在客厅的沙发上睡着了。我看到了夏先生穿着他走的时候身上那套白色亚麻西装戴着墨绿色丝巾出现在我面前，冲我微笑了一下。于是从那一刻起，我开始迅速衰老，我的激素和血脂开始失去控制变得紊乱；身上的肌肉变得越来越松弛，缺乏弹性，只有埋了线的脸被固定在一个永恒的时刻。我甚至在白天也拉上了家里的窗帘，肆无忌惮的阳光会让我想起夏先生最后的、永恒的笑容。

胡安娜和老车的情人关系一直持续到去年春天。她把我拉到马斯特里赫特城堡的时候，自己盯着城堡花园中央那座修建于十七世纪的巨大喷泉不住地哭泣。

"就在这里。"

胡安娜如同在最后一幕出场的某个悲伤的演员，缓缓吐出这句话。她的悲伤中有女人对男人的不舍，不会再多了；更多地，是终极告别——这作品必将不朽，必将一去不复返。

"我知道会有这么一天。"

我越过胡安娜抖动的肩头，喷泉中央摆放的雕像是一个坐在礁石上的女人：她的头发无尽蔓延向下，与覆盖下半身的裙布交缠在一起；她侧身而坐，正用一把梳子梳理头发，全身散发着一种难以言喻的疏离与诱惑。将我们带进城堡来的看守员说，这是传说中的水妖罗蕾莱。城堡现在的主人是德国人，家族世代经营船运生意，所以当时祖辈委托了马斯特里赫特的艺术家塑造了水妖罗蕾莱的雕像，希望自己的海上生意能够一帆风顺。

"你看，这个雕像和老车的想法还挺契合的，"胡安娜也注意到了罗蕾莱，她把头扭向雕像的另一边，和罗蕾莱形成了重影，"把'香槟王'全倒进喷泉里，大家会热爱这个主意的。"

"老车说，这就是'永恒史'。"我佩服老车。尽管他从来没来过这座城堡，准确地说，他从来没来过欧洲，但他对我们所面临的普遍处境却有一种坚决的认知，他知道这一切是闹剧，是永恒，是一文不值的欲望。

胡安娜没回应我的话，她垂下头，脸完全埋藏在罗蕾莱的阴影里。

很快，她摆脱了这雕像的笼罩，城堡上空飞过一架直升机。离城堡不远的地方，有一个巨大的停机坪，每年一到春天就停满从世界各地飞来的各式各样的私人飞机。他们都是赶来参加 TEFAF 的。我曾经给这个艺术展览会写过文章，在我的描述中，这个展览会展示了凝结的艺术史，是全球顶级藏家财富与品位的体现。当然，写这句话的时候我并没来过这里，我也不知道胡安娜把这群人叫作"候鸟"，他们每年三月份来这里，展会结束后便各自飞走。

"香槟王"是 TEFAF 展会的最大赞助商，这期间几乎每一场酒会、开幕和活动都堆满了"香槟王"的黑色酒瓶，到处都是金黄的气泡，到处都是此起彼伏的开瓶声。我这次跟胡安娜来就是为明年的 TEFAF 做准备的，为了体现"全球顶级藏家的财富与品位"。我看到胡安娜的身子又开始了那种迷人的摇晃，她变回了我熟悉的那个胡安娜，她眼睛突然抬起，对自己说："这次我们要感谢布拉邦特先生，就是这座城堡的主人，他是个当代艺术的大藏家……他热爱艺术，但似乎并不想出现在明年我们展览的开幕式上……不过没关系，我们现在得想办法把老车弄来……"

老车无法乘坐任何飞机，他说不用做什么准备，我替他看一眼就行。胡安娜给我安排的行程不仅妥当而且舒适。我在飞机上喝完了一整瓶"香槟王"，落地前的一小时吐在了狭小的机上卫生间里，空姐给我拿来了烫得软乎乎的毛巾，并热情地帮我熨烫了起皱的围巾。到马斯特里赫特的当天晚上胡安娜安排了酒店接机，她让我好好休息一晚。也许是时差或者香槟酒的关系，我昏昏沉沉住进了她安排的马斯特里赫特大教堂酒店，我看到酒店一半是玻璃钢材搭成，一半是黑色的古老尖塔，当晚我睡得很熟，比在北京的任何一个夜里睡得都要沉。

胡安娜带着我一起参加了几个 TEFAF 的艺术活动。我们在各种活动上认识了一堆人（根本记不住他们的名字），我们跨越马斯河从东岸到西岸，天昏地暗，直到我不再能分辨出这个小城的东南西北。派对一场接一场，那些人谈艺术，谈时间，谈一切；胡安娜不厌其烦地为我翻译他们说的话，我其实并不需要听懂每一个词语，因为他们的交谈和我们的交谈一样，呈现出同样的虚假、无聊和甲亢状态。这些交谈还有香槟酒搞得我大汗淋漓，所以我找了个借口说生病了，让胡安娜自己去今晚的酒会。

我跟着胡安娜到马斯特里赫特已经三天了，后天我飞回北京，胡安娜说她还要继续驻扎。这几天里始终没有人带我去看真正的马斯河，我们总是跨越过这条河赶去别的地方。我曾说过我是学地理的，这是我第一次来这座城市。在此之前，能和我的地理知识联系上的只有《马斯特里赫特条约》，这个条约的要点是"奠定了欧盟的基础"。我的大学老师也并没来过这里，她在地图上给我们指点马斯特里赫特的位置时，只是简单地在荷兰和比利时的交界比画了一下，世界地图上也并未清晰标出马斯河的所在。反正睡不着觉，我决定今晚离开酒店去找马斯河。前台只有一个微胖的中年女人在，她看起来很和善，我向她询问马斯河的具体位置。她惊讶地看了我好一会儿，显然重新思考了一下这个问题，回答道："您右转，往前走，看到的整条河都是马斯河。"

我这时才看到女人胸前别着的徽章:徽章上面的侧脸和布拉邦特城堡里的水妖一模一样,只是她的长发隐没不见,如同火焰一般在暗处窥视着我们。

现在是半夜两点半,整个河水黑漆漆的一片,岸边只有两三家小酒馆亮着昏黄的灯。我刚才耽搁了一段时间:我听了中年女人的话向右拐,往前走的路上穿过了一座极短的拱桥,或许不叫拱桥,因为那下面并没有河流,只有形状不一的石板路,在这样的深夜显得危险又琐碎。或许是太在意脚下的石板,我没注意到自己已被黑色尖塔包围,刚开始我以为这还是大教堂酒店的一部分,但越往前走这些尖塔就越紧凑,如同在黑夜化为一片密不透风的黑色森林。我停了下来,倚靠在离我最近的一座石制大门上,在偶尔透进来的月光中我看到这座大门呈现骨头一样的灰色,上面遍布着挣扎喊叫的人,我用最快的速度穿过这座大门,居然看到了马斯河。

但我几乎看不到河水的流动,眼前的马斯河像一个飘动的黑色巨型幕布,要把周围的一切裹入其中,刚才的大门和尖塔仿佛只是这幕布投下的幻景。没有河水流动的声音,只有冷峻的风声,还有从前方某处传来的热闹的欢呼声，那里大概是胡安娜说的今晚的另一场派对。这些派对的主办者和参与者都不是马斯特里赫特的本地人，就连前台的中年女人说话的时候都带着一下子就能让人听出来的美国口音。本地人仿佛被隐藏了起来，不见了。我突然想起了罗蕾莱，至今我只记着她沉默的侧脸，在我的想象中，水妖从不是女人，她是一个巨大的黑洞。不知道此时，她是否会从这黑色的马斯河里钻出来将我带走，一同沉入她所栖息的那片无边无际中。

一年以后，给我和老车安排行程的工作被移交给了苏西，她是胡安娜的接班人。苏西是地道的上海姑娘，和胡安娜一样高挑，只是皮肤白皙，带着名校毕业的好学生的羞涩和野心勃勃。我知道，很快，她将成为另一个胡安娜。苏西花了不少工夫和老车研究他的旅程，这将是一场漫长的火车之旅。"香槟王"公司原本希望苏西全程陪同老车，但老车执意坚持要一个人坐火车完成这趟将近一百八十个小时的旅途。"香槟王"为老车在最长的K3火车段包下了一个包厢，连床铺都换上了"香槟王"标志性的黑色和金色。老车即将独自完成他从未尝试过的壮举——乘火车横跨亚欧大陆，从北京到莫斯科，莫斯科到华沙，华沙到柏林，柏林到亚琛，最后从亚琛由苏西开车抵达马斯特里赫特。这一切，将由老车随身携带的运动摄像机记录下来。

和老车胃里消化酒精的酶一样，老车不能坐飞机也有多种说法：一种说是由于老车先天性的心脏瓣膜问题导致，坐了确实有生命危险；另一种说法是老车最初是为了逃避展览开幕式给自己编了这么个说法，结果随着自己名气越来越大，不得已只能坐实了这个说法。胡安娜在一年前得知老车不能坐飞机这件事之后，马上想出了火车这个方式，用她的话来说，如果老车坐火车去马斯特里赫特，将是"永恒史"最精彩的前奏。当然，胡安娜显然在"香槟王"总部夸大了我作为"艺术顾问"的作用，以至于他们认为我必须和老车形影不离。

前方的显示器显示飞机已经飞了五万公里，还有不到五小时就到阿姆斯特丹了。此时的老车，应该刚刚告别广阔的西伯利亚，从东欧进入西欧。我闭上眼睛，在脑海里勾勒出一幅立体的彩色地图：我给平原、大海、内陆、岛屿分别涂上不同的颜色，我一点点连接老车经过的地方，这些国家的名字在地图上迷人而深沉——仅仅是它们的名字。我确实开始羡慕老车了，然而我知道我们从不曾，也不再会有任何单独相处的机会了，纪念老夏。

这次我在飞机上没有喝酒，顺利地找到了举着"香槟王"牌子的司机，我们很快就到了马斯特里赫特。今年的马城看起来和去年一样，我竟产生了一种错觉；除了明天将聚集在布拉邦特城堡的人之外，没人在乎"永恒"到底是什么。白天的马斯河终于显露出了她的样貌，在没有云层遮挡的阳光下闪着耀眼的金光，那些光芒仿佛来自被罗蕾莱拖入河底的水手们年轻的灵魂。我问司机：

"这就是马斯河吗？"

"是的，先生，过了马斯河就是我们要去的老城。"他带着浓重的法国腔回答我，他还想再说些什么，却发现自己的英语无法完全表达想说的内容，就把头又扭了回去，说，"您住的是这里最好的酒店。"

他说话很客气，似乎习惯了这些占领马城的异国人的到来。刚才在起飞前，我收到了一条来自父亲的信息，我们好久没有联系了。他告诉我今年夏天他就要退休了。这是他最后的尝试。我来北京之后，我们便再没见过面，我不知道他是否有时会站在家里那张世界地图前寻找我居住的地方——父亲从来不知道，我们的世界并不建立在确定的地理知识上，我们的世界建立在虚荣、伪善、假象和狂欢之上，没有终点，也没有回去的路。我摇开车窗，向上面仰望，仿佛那里真的有一个全知的他。现在，我迫不及待需要一杯冰凉的啤酒，最好是用马斯河的水酿的。

前台的戴克给我做了登记，他有一双诚恳的眼睛，至少看起来如此。我忍不住逗他说明天是我的生日，又有什么关系呢？夏先生从来不过生日，他说人们总是在生日宴上开香槟，那"砰"的一声，仿佛在宣告生命在那一刻彻底终结——在无意义的庆祝时刻结束生命，让他感觉很不好。我这次才注意到，哪怕在三月，大教堂酒店大厅里的壁炉也依然"噼里啪啦"地燃烧着，仿佛提醒着我们所渴求的温暖和欢愉只能通过表示终结的拟声才得以实现。

总之，我只需要一杯啤酒。

戴克告诉我，在马斯河东岸，穿过"地狱之门"，就能在"罗蕾莱"酒吧找到本地最好的啤酒。这次出来，我带上了赵主任给我的白色药片，他说觉得呼吸不上来的时候就吃两片。你看，医生们总是有办法的，除了健康食谱，他们还有各种有着古怪名字的药片，你不会轻易完蛋。我在酒店附近绕了好几圈，穿行在黑色的尖顶教堂和灰色的城门之间，马城几乎全部由这样的建筑物组成；一群尾巴上带点蓝色的灰色大鸟在我头顶飞来飞去，它们似乎要看我到底往哪里去。就这样我来到一座石制大门处，我想起一年前的夜晚，在马斯特里赫特我也曾经穿过这道大门。我当时看到的挣扎呼喊的人群在白天消失不见了，大门上只留下一具具无色的骨架，任何的重量都能使他们的肉体灰飞烟灭。这就是"地狱之门"，根据戴克的说法，穿过"地狱之门"就能找到那家酒馆，但我此时突然产生了一股毫无根据的恐惧感。我选择绕过这道巨大的门，沿着右侧的鹅卵石路前行，石子的刺痛让我感到清醒了很多，我逐渐来到一处开阔的园区，上面写着几个荷兰语单词，我只认得"博物馆"这个词。

这个博物馆正在举办"文艺复兴低地国家木雕艺术展"。我一直觉得所有的博物馆闻起来都很像厕所：无数隐形微生物和陈腐空气的味道。这里人很少，那些深棕色的木雕被竖立着，伫立在半黑的空间里，腐败的气味扩散得更厉害了。我从没见过木雕艺术，也分辨不出木头的脸：谁是耶稣，谁是使徒，谁是圣母，谁是罪人；但他们所袒露的表情让我吃惊——木头的质地与他们脸上痛苦的纹路交缠在一起，诉说着受难、禁欲、耐心和隐忍，他们虔诚而坚定，闪耀在纵深纹路中的不是绝望，而是超脱。他们的眼神不面向我，要么朝向上方，要么朝向下方，一切都会留下痕迹，上方和下方，崇高和卑微是一种东西。

　　我再次感到羞愧。我不愿承认的是，自从夏先生死后，这种别扭的感情总时常光顾我。我自然因为夏先生的离开而难过，但我也感到前所未有的自由和轻松，以至于我竟猜测老车也和我怀着同样的感觉。但很快，几乎是随着我分泌失调的同一时间，这种巨大的、难以名状的羞愧感便向我涌来，如同一阵海底卷起的飓风，要覆盖一切，让一切回归巨大的平静。我全身微微颤抖，整个后背已经被汗水浸透；就这样走过三间大厅，被时间遗忘的深色木雕和腐败的空气帮助我凉快了下来，我和这些雕像终于达成了某种沉默的相互关照。在一座目光低垂的圣母像身后，我看到一个中国女人领着她的两个混血孩子，她用手在嘴上做了个"嘘"的手势，那两个孩子的手正指向圣母。有那么一刻，我几乎可以确认这个女人就是夏先生的女儿，她领着自己的孩子，手里捧着一个骨灰盒，骨灰盒的颜色就像这些雕像一样深沉，她不说话，连惊讶和哀伤都没有。

　　正如胡安娜一年前所预料的，"永恒史"大获成功。苏西在电话里告诉我，胡安娜也会出席"永恒史"的开幕式，作为布拉邦特家族奶酪厂的全球代表。

老车是清晨到的,布拉邦特先生为他准备了城堡最东侧的房间。我和他在那间能看到罗蕾莱雕像的房间里碰了头,他用食指关节敲了敲手里的蓝色瓷杯,说:"这东西已经两百年了。"

这也许是我和老车在一起的最后时刻,我一直想和他说些什么,却总也构不成任何一个词语;尽管如此,我竟相信我们可以了解彼此,从某种意义上来说我们都是依靠词语生活的人。我只能问他最无关紧要的东西,比如:"说说,你的火车长途怎么样?"

"绝望,对,不能忍受。我躺在他们弄的那个包厢里,根本睡不着。不,白天和晚上都一样,轰隆隆的。我耳朵里全是轰隆隆的声音。"

老车嘴里的"绝望"是个形容词,别太相信艺术家的话。春季的马斯特里赫特从下午五点开始天黑,随着太阳移动的方向,我终于搞清楚了这城堡是在马斯河的西岸。三天前,苏西带着一帮人来,按照老车的指示把喷泉里的水全抽干了,不过很快,老车将用整车的"香槟王"重新填满这个喷泉。

堆在喷泉边的香槟酒刻意和罗蕾莱雕像所注视的方向保持一致 —— 这是我的主意。人们簇拥在喷泉四周,男人和女人，欧洲人、亚洲人、美国人、中东人和俄罗斯人。老车一身黑色衣服，我很少见他这么穿，我之前并没太过注意他穿了什么。总之，此时的老车更像一个魔术师，用自己独特的开瓶表演让一瓶又一瓶的香槟发出响声（甚至表演得更夸张了），暮色中到处都是被释放出来的小鸟。我看到苏西的眼神和第一次去老车工作室的胡安娜的眼神一模一样，她们都被这些隐形的小鸟迷住了。

轰隆隆的声音。

几百瓶敞开的香槟让四周的空气起了雾，一股淡黄色的、让人发昏迷醉的气味在四周升腾。老车在所有人的注视下往喷泉里倾倒香槟，一切陷入巨大的安静之中，只听到香槟液体接触到大理石泉底时发出的一声声柔软的撞击声，接着是连续不断的快门声、延绵不绝的鼓掌声。一个高大的美国人走向喷泉，他以一种兴奋而荒谬的姿态蹲下，用手揽起喷泉里的香槟喝了起来。人们一下子沸腾了，他们一个接一个地，学着美国人的姿势去喝喷泉里的香槟。苏西已跑去摄影师那边亲自指挥快门，老车继续倾倒着手上的香槟酒，他早已预料到了一切，设计好了一切。我没看错的话，在大家没注意到的一刹那，在落日光晕的掩盖下老车瞄了一眼罗蕾莱的雕像，他的嘴角发出一个轻蔑的笑容。

"'香槟王'一定会乐死的,你看他们多喜欢这个主意啊。"

胡安娜不知什么时候站到了我身后,她歪头轻声和我耳语道。她把头发染成了发红的棕色,比以前更加卷曲。她注意到我在欣赏她的新发型,半捂着嘴笑起来,"看起来怎么样,这个头发和我的新工作?"

"老车可不爱吃奶酪,他受不了那股味儿。"我在临出门的时候套上了夏先生留下的白色亚麻西装,虽然对现在的我来说,这件西装变得有些紧,我穿着它几乎无法自如地抬高自己的胳膊。我从来没有告诉过胡安娜的是,我对今天这样的场合一直都有种恐惧感,这样的热闹让我几天几夜都睡不好觉,不是因为兴奋,而是我害怕发现自己从来不属于这里的事实。夏先生在的时候,我只是一个同伴,这让我觉得自在得多;现在,我失去了和眼前这个世界的所有联系,就像"地狱之门"上面那些呼喊的人群,他们只是一具具空洞干涸的骷髅,他们能够呼喊是因为软弱。

胡安娜没听我说完话便开始在人群中搜索,她抓起我的手臂,把我引向远处站着的一个男人:"来吧,我给你介绍布拉邦特先生。我告诉他你是中国最好的'艺术顾问'。"布拉邦特先生看起来强壮、顽固而坚定,可我越向他走去,越觉得他面容模糊,等我走到他身边,他的脸已经和我昨天看到的某个圣徒木雕合为了一体。我被胡安娜拖着,听她对布拉邦特先生说了一堆话,布拉邦特先生几乎没有回应,只是在最后和我主动握了握手,露出一个他们惯用的、练习过的微笑。我知道胡安娜为我找到了下一个工作:明年,我就得为他们再弄来一个艺术家,也许还在这座城堡里,给布拉邦特家族巨大的奶酪进行无尽的切分。

暮色里最后一道紫色光晕消散了。老车从喷泉台上下来了,他身边堆满了空酒瓶和兴奋的人群。人们争先恐后地和眼前的艺术家说话,祝贺他,询问他作品的意义,以及艺术的意义。苏西会帮他翻译一切,一切各得其所。一切都和永恒有关,又无关紧要,比如日常的意义,以及此时的意义。三月的低地国家属于温带海洋性气候,只要太阳一落山,黏着着阴冷湿气的晚风就会袭来,女人们已经开始抱住自己裸露的双臂,试图从小巧的晚宴包里翻出香烟来取暖。夹杂着潮气和酒精的晚风一下子将我从刚才香槟酒的燥热中解救了出来。对老车来说,今晚过后,他无疑将成为"国际级"的艺术家。他的作品(当然包括我卖掉的）会翻到四倍甚至十倍的价格，《无尽》作为他第一幅卖出的作品，自然意义更加非凡。

  这一切和我没有关系，曾经没有，将来也没有。我从喷泉前面溜了出去，没有人注意到我：苏西在记者群中忙碌，胡安娜和布拉邦特先生在一起，老车的身影被罗蕾莱的雕像彻底覆盖，我此时只能想象他凌厉狡猾的眼神。他们看到或者没看到我都没有关系，在派对上，从来没有人会记得谁离开了。即使是事后调查的警察询问起来，人们也只记得起来自己离开那里的时间，更多的人连自己离开的时间都记不起来。

  我想我大概又花了两个小时才找回大教堂酒店。我的确没能找到回去的路，黑色的马斯河一到晚上就变幻莫测，我沿着河走，却轻易地迷了路。我先是经过博物馆，又回到"地狱之门"，路的方向在此才清晰起来。一回到房间，我就迫不及待地脱掉了所有衣服，钻进按摩浴缸里。房间里到处都是"香槟王"——客厅、冰箱、床头，他们甚至在卫生间里也摆上了酒。我学着老车的样子，一, 二, 三, 四, 五, 六, 六下拧开铁丝架，让里面的小鸟飞出来，酒瓶塞子被泡沫卡住了，我上下晃了晃酒瓶，酒瓶塞子带着泡沫一下子飞进了浴缸里。

我让自己沉入浴缸的最深处，身体越来越重，人越来越轻飘飘的。我一直是个毛发稀疏的人，但不知从什么时候开始，几乎是一夜之间，我身体的隐秘部分（肚脐眼，大腿根……）刺眼地长出了一根根又黑又短的体毛。只有身体，当它决定开始走下坡路的时候，会带着你所有的生命和活力一泻千里，不留余地。我看到自己已经开始松弛的皮肤被水浸泡后变得皱皱巴巴，被切割成一块又一块粉黄色的平面，像一摊摊弃置不用的过期颜料。我知道，一切都不复存在。我不复存在，彻底蔫掉了。

高温加速了酒精的挥发，它们不断深入我身体的每个毛孔。我能感觉到自己浑身通红，膨胀发热，心脏跳得越来越快。心脏是生命，也是死亡，它在撞击着我整个身体，很快我的身体挣脱了意志的束缚，变得木然、兴奋、不知所措。我愧疚、怯懦、激动，一股不可预料的暖流涌来，我想，这时候如果告诉父亲我想回家，一切都还来得及，我才四十岁。我让胳膊撑住浴缸边缘，用尽全力试图找准一个上半身的支点，然而我的双腿异常沉重——它们在水里泡得太久了。我想要爬出去拿赵主任给我带的白色药片，就在我快要让自己从水里脱身的那一刻，我的手（或脚)突然失去了重心,在水的最低处有罗蕾莱致命的双手和歌声让我不断下坠,我几乎在同一瞬间重新跌回了浴缸里。你们不能说是我故意这么做的,我使尽最后的力气让头撞到水龙头上,虽然此时我已经麻木,我只是想试一试自己能否真的从中挣脱。我看到一股混合着红色黏液的水流从我头上漫过,像岩浆一样把我埋在其中,然后我就失去了呼吸,等待着被人们发现。

初稿于2022年3月12日
修改于2024年8月

洞

"我生活在松软的洞里。"

他对我说,或者说给自己。我是在小区酒馆遇到的陈,那儿能遇到所有人。有的是酒馆这样的地方,隐蔽又无所顾忌,张着大口满是破绽,陌生人总能在其中辨认彼此。酒精只是借口,更多时候,是空虚和昏暗使人们袒露真实(尽管那样的真实不值一提),而后在第二天清晨将自己说过的话,连同自己一起抹去,不留痕迹。

他们以为我只是为了找人睡觉才在晚上出来,刚开始我也这么以为,后来我对这种事一下子失去了兴趣。一开始,和陌生人睡觉确实能帮我带来深度睡眠,这种短暂的昏睡建立在亢奋后的疲惫之上,是一种不受日常意志支配的生理反应,使得我们和电击后仍在抽搐的垂死青蛙没什么两样,这时多余的、要命的理性反而会给身体徒增痛苦。或者为了某种梦境——当我试图摆脱一切进入睡眠的时候，所有意识都变为声音：空调的运转、下水道深处狂欢的夜间害虫、电路的启动与静止、神秘的呼吸及鼾声——整个世界仿佛只有在黑暗中才可能学会奋起反击，我也越来越习惯于此时抖擞所有感官，仿佛全知全能无所不为。

"我们小区也是辉煌过的。你知道吗？那个歌星原来也住这儿，就是唱蝴蝶的那个。"

"哦，是她呀。"我接了酒馆老板的话。我叫他老板，因为他看上去就像所有故事里出现的那种饱经沧桑、经验丰富的人该有的模样。他是个个子很高的中年男人，头上绑一条蓝色粗布，我来的时候也不是每次都能看到他，但他周一一定会在这儿。我只记得新的一周从周一开始，在这一天，我不和任何人睡觉。老板不在的时候，有个戴眼镜的年轻人给客人倒酒，这人腼腆，少言寡语，像个透明的影子。来酒馆的客人大多是小区的住户，他们喜欢凑在一起坐，聊天或者不聊天，就这样打发日常的夜晚。陈总是挑个离中央操作台最远的座位，他坐的椅子也总是摇摇晃晃。

其实我也不知道自己应的和老板说的是不是同一个人。那个年代走红的歌星总唱着蝴蝶、朦胧、梦境、云朵这些充满比喻的东西，但你知道他们在唱什么，知道他们唱的梦想和你的梦想差不了多少。没人清楚我究竟是不是这个小区的住户，这对人们来说毫不重要。他们只知道我如果来，定要等到十二点以后才会来。有几次，他们看见我和酒馆里的客人一起离开，我跟着人群乘坐小区电梯从这一层游荡到另一层，我像个梦游者而不是陪睡女孩，虽然压根不会有人在乎我昨晚究竟睡在哪里。

酒馆开在小区门口，和超市连在一起，正好能看到飞马雕像的屁股。那是尊金灿灿的飞马，是雄心壮志的开发商特意建在正门口的。飞马身上的金漆早没了大半，屁股和翅膀显得潦草怪诞，犹同出没于黑暗深处的幽灵。酒馆老板说得没错，至少这挺立的飞马是小区"曾经辉煌"的象征。小区里大部分住户是在新千年头上尝到了那波原始积累甜头的幸运儿。无从判断他们究竟是做什么的，在那十年里，似乎做什么都能挣到些钱，只要你有挣钱的念头。在外面的人看来，这里的住户多少是对生活有些要求的人，他们在每个重复又陌生的日子里，长久地维持着一种僵硬诚实的微笑，这是他们的印记，他们就是用这副表情卖出保险，卖出汽车，卖出基金，卖出广告文案，卖出世间万物。

小区的没落是从二〇一〇年开始的。开发商全家移民到了加拿大，没人知道他究竟是为了躲避什么，还是仅仅只是从此隐退江湖。即便是他最亲密的秘书和副总，在这之前也对此毫无察觉。某个礼拜一大早，老板不见了，几乎在一夜之间，小区最顶层的那套"楼王"里搬进了新住户。没人看见新住户是怎么搬来的，搬了什么东西，又用了多长时间钻进自己的新居。从那时起，"楼王"的窗户就没再打开过。从外面看去，"楼王"被一整圈又长又厚的黑色幕布笼罩，密不透光。酒馆里流传着关于新住户的各种说法，最为大家接受的说法是新住户是个接盘了整个小区的中年男人，有钱却得了怪病不能见光；还有种说法称新住户是安全局的人，是来调查这里某个有可疑身份的住户的……一直到现在，也没人能确定新住户究竟是谁，他似乎从不出门。这成为一条悖论：没人知道他是谁，自然出门也不会被别人认出。

陈就是在那个时候出现的。他坐在那张摇摇晃晃的椅子上，一个人喋喋不休地说话，语速很慢，句子与句子之间没有间隔，粘连在一起。有时我溜到他身边，在他句子里加几个"嗯""啊"之类并无意义的语气词，他就举高手里的杯子晃一晃，毫无目的地把杯子转半周，然后一饮而尽。

陈在酒馆里存了一瓶巨大的清酒,里面有金箔的那种。我看一眼就知道这酒的价格。在之前的几年里,我一直都通过酒或烟判断人的价格,出来的结论一半正确,一半错误。我学会了和别人一样胡说八道,比如 —— 世界都是你的,奇怪的是,这些谎言确实能让你在顷刻之间膨胀到和世界一样大。我现在不喝酒了,别人喝酒的时候我就要杯红茶,没红茶的时候就白开水,压根没有谁会在意你究竟喝的是什么。我分不清白天和黑夜,它们在我耳朵里一样嘈杂,都是梦境。

"蓝色、黄色和橙色",孙雨在经过儿童乐园的时候辨认出这三种高饱和度的颜色。三种颜色在雾蒙蒙的夜里混作一片,发出持续不断的绿光,就像他刚才帮客人存起来的那瓶金箔清酒。他没注意到,发光源其实统统来自覆盖在游乐设施最表面的那层荧光漆。这东西在晚上更加单调刺眼,看起来并没比白天好多少。他身后有几个孩子的声音,他们在叫,在笑,嘴里发出含混不清的拟声,把骑着的木马晃得摇来摇去。这是孩子们特有的权利 —— 在学习使用语言之前,一切都是自由的。他的广告公司曾接过"淘气堡"的活儿,客户希望海报物料要"五颜六色的",

孙雨直到现在也不确定孩子们到底是不是真的喜欢"五颜六色",他有时甚至怀疑"五颜六色"是一个谎言,用来补偿孩子长大后看到的这个令人失望的世界所带来的绝望感。

路灯比任何时候都更暗。物业一定又缩减了公共服务的开支,一年比一年少,他们先减掉四分之一的光亮,然后是二分之一,或者这只是他的错觉,他已经很久不做判断了。他最近总会无比清晰地回忆起广告公司的事情,这个世界的齿轮似乎卡在一个深不见底的裂缝中转动不前,他的判断对世界的前行来说毫无用处,比如,他根本无法预料那单洗发水广告竟成了他最后的代表作。

椰油酰胺丙基甜菜碱。

即使多年后,孙雨还是能够在最清醒和最困顿的时候准确无误地复述这个词。虽然在广告文案里,他将这个专有名词取而代之以清爽、舒缓、飘逸和新生。人们热爱瞬间能产生泡沫的东西,也享受将泡沫一举销毁的快感。当洗发水里加入大量椰油酰胺丙基甜菜碱的时候,依靠化学反应所产生的充盈的细密泡沫会让人生出一种来自母胎羊水的满足感。泡沫等于干净和蓬松。孙雨和他的同行用这样的暗语引导人们,于是人们就会本能地在记忆里形成对洗发产品的愉悦反应,他承认,这完全是一场为了让人持续消费而创造的心理骗局。

他去过生产这种洗发水的工厂,见过这些东西装在蓝色大桶里的样子,是一种乳白色的黏稠液体。工人在其中加入香精和色素——他选了绿色、紫色和白色来搭配花香、木香和奶香。在这个中等大小的流水线工厂里,他如同一个点石成金的魔术师,支配着一切让人产生幻觉的基因,将它们重组。孙雨至今都记得那些人工合成物混合起来所发出的强烈的、奇异的臭味,但令他费解的是,他丝毫记不起来操作流水线的工人们的脸。

他有时会做这样的梦,梦见四个一排的工人并肩站在流水线上,白衣服白帽子白口罩。他只看得清打头第一个人的动作:倾倒、加入、搅拌,最后是等待,然后再重新开始。工人一遍遍重复这套动作,流水线自动进行裂变式的自我复制:两排、四排、六排……他在梦中所构筑的空间开始变得拥挤,流水线已然不受任何命令的操控,如同获得了某种绝对自由,比时间的前进还要精准,直到一阵持续的、频率极低的声音加入进来。

嗡,嗡,嗡——墙壁里钻出声音,由远及近,由小到大。墙上糊着植绒墙纸,是十几年前最时兴的材质,看上去确实要比单薄的纸面墙纸显好，用广告人的话来说，就是"创造了一个安静舒适的空间"。这种成品被流水线生产出来，仿佛是永恒不损的，它们坚韧无比，宣告着比人还持久的使用期限。然而此刻孙雨无论在梦里还是卧室里，四周如同空心，那个持续不绝的声音在其中肆意放大，粗暴地阻断了他的回忆、迷茫、想象和感知，他躲在哪里，那巨大的、恼人的声音就找到哪里。

刚关掉广告公司的时候，孙雨曾整宿整宿睡不着觉，医生给他开了硝酸安定，对他来说，这玩意儿只能让他进入四个小时的睡眠状态，他每次醒来简直就像经历了一场计时四小时的短暂失忆。药理性的肌松作用给他带来的是更多的疲乏。这种人为的睡眠无法使他得到真正的休息，他很累，无论躺着还是站着，无论睡着还是醒着，睡眠在他这里成了一个既虚假又费解的概念。

他无人可倾诉。在向医生描述症状的时候，也只能低声嘟囔一句"墙里有声音"，他想再加一句"我听到的"，但在看到医生低垂疲惫的眼皮时，他把话又吞了回去。在此之前，孙雨觉得自己活得挺好的。

他和他的"洗发水"案例在旦夕之间突然失效，没有任何衰变的过程或迹象，客户就是不再买账了。人们将他拿来的精心装帧过的提案搁置一边，实际上，提案过分冗长的开头如今让他们觉得可笑 —— 这些装订和它们承载的内容一样含蓄且过时。甚至，没人定义或区分"过时"是从什么时候开始的。从前孙雨认为自己算是个文化人，至少是个讲故事的人。可是随着一批批离开的客户，孙雨越来越搞不懂大家在干什么。数据、流量、转化率 —— 这些新词瞬间建立起了一个他完全陌生的信仰系统，他赖以生存的一系列技能（广告／讲述技能）失效了，随之失效的还有他的休息系统。在他过去所接受到的普遍教育观念里，人只有工作才能实现自己的价值，只有白天工作才能在夜晚安然入睡。现在，孙雨开始思考这么一件事：睡眠系统的瘫痪是否暗示着工作系统的瘫痪？如果抑制中枢神经可以强行让人睡觉的话，人体归根到底是一部化学机器，那他听到的墙里的声音又来自哪里？

他每周有两个或三个晚上在酒馆帮忙，这取决于他醒着的时间。他个子很高，走路摇摇晃晃，像踩在一摊棉花上。雇用他的酒馆老板是一个年轻人，超乎他想象的年轻。老板皮肤很白，戴一副无框眼镜，脸上还有一层没褪去的绒毛，不常来，酒馆就交给孙雨和另外两个店员轮流打理，那人并不在乎酒馆生意，好或者坏似乎和他毫无关系。关于自己的年轻雇主和酒馆生意，孙雨也不想深究。在酒馆里工作的时间让他想起自己梦里辨不出脸的工人，他和他们一样，只有单调的工作才能唤起疲惫，而这种被加工过的疲惫却出乎意料地给予了他某个自由的、宁静的空间。

你问我之前有没有碰到过孙雨，我想，是见过他的，在酒馆里。大概还遇到过他一次，在电梯里。还有一次，我看到孙雨站在飞马雕像下围出的狭窄空地上，一只手竖起直指天空，从各家窗户里透出的黄色暖光在飞马头顶集合为一个饱满的光环，与他举起的手之间形成神秘的暗示。他不过在试图解下头上的蓝色粗布，或许他只是那样望着别人家的灯火，羡慕隐于窗后能睡着觉的人们，此刻，在别人的生活中，他才能期待久违的美梦。

陈和我关于"金箔到底是什么东西做的"的探讨持续了好几个（断断续续的）晚上。他坚称那是一种金色的微型寄生虫，它们寄生于柔软抗腐蚀的金属之上，随着时间变成金属的颜色和金属的样子，在金箔酒里繁殖。就连我都能辨出这是胡话。

"金箔只是金箔纸。"

"什么是金箔纸？"

洞

"金箔纸是黄金。"

"寄生虫就是从黄金里生出来的。"

"黄金里没有东西。"

"任何东西里都有虫。"

这样的胡话反反复复多次之后就有了真理的样子，我几乎要推翻自己的常识来承认陈是对的。我没有告诉陈，有几次，我以为自己真的看到酒里的金箔在摇晃中聚作一团，形成一个巨大的、透明的虫卵，虫卵背负着一片不可名状的阴影，无数双眼睛正躲在那阴影下注视我们，而我们在无稽的谈论中浪费着时间。

在来酒馆之前，陈再次确认了窗帘、照明灯和房间的温度——他的十只蜗牛此时应该刚进入睡眠状态。在搬来舅舅的房子之前，他有十二只蜗牛。有一只在某次睡眠中没有醒来，结果没过两天就变成了一具干枯的壳；还有一只钻进土里不出来，结果在一个雨天把自己活活闷死了。舅舅说陈最大的优点是"老实"，除此之外也不知道他每天在想什么。自然对于舅舅这样的大生意人来说，"老实"是他唯一能用得到陈的地方。陈心里也很清楚，舅舅不过把他当作一个信得过的看门人，本质上和舅舅用他妈看孩子是一样的，因为他们"老实"。

舅舅一定会装三层窗帘：一层遮光，一层隔音，一层密不透风。即使这样，舅舅也没睡过几个囫囵觉。陈完全遗传了舅舅的失眠，而他们家的女人（舅妈和他妈）却从不受此困扰。陈在搬到顶楼来的第一天就把三层窗帘都关上了，再也没打开过。他喜欢蜗牛这种动物，虽然它们基本上是聋子和瞎子。它们的眼睛长在触角两端，几乎无法看清任何东西，但它们却能极其敏锐地辨别光与暗。对于陈来说，蜗牛身上充满了无法被解释的谜团——即使在它们交配的时候，也无法知晓雌雄两个性别究竟是如何在这种黏腻的生物身上发生转换的。

他妈从加拿大给陈寄来一种能睡觉的药，说舅舅最近也在吃这个。陈看了说明书，发现这种药无非就是通过欺骗人的感知器官，刺激身体迅速进入"天黑要睡觉"的指令来让人入睡的。陈从小就爱看各种东西的说明书。他和说明书之间有一种化学反应，这种化学反应不属于阅读理解的范畴，更像是洞穴探险，凭的是直觉（还有触觉、味觉）而不是经验。陈到现在都觉得从理工大学退学是他做过最正确的一件事，虽然舅舅和他妈不这么认为。舅舅认为在鼓捣电路这件事上他"能成"，他妈认为他毕业后要是进舅舅公司当个电路主管就挺好的，他刚开始没想那么多，他一直就不是个想太多的人。直到大一下半学期的实验课上，他看着电路台上垂死挣扎的青蛙发作了第一次抽搐。

他只记得老师跑来说了一句"不是被电的"，之后他就如溺水一般被压入一大片黑暗里，眩晕、恶心，然后一连串白色光点冲进黑暗空间不断扩大，像一层光膜迅速把黑色包裹了起来，紧接着是冗长的沉默。校医说是应激反应没什么大事儿，只有他自己知道那只青蛙给他带来的震撼。接下来的几个星期里，他无数次梦到青蛙，一次比一次更近，他看得到它们放大的瞳孔和凸起的毛囊，这使得他比从前更加沉默寡言。

从理工大学退学后，陈养过乌龟、毛毛虫还有蜗牛。他从舅舅的仓库里捡来一堆没人要的电线和各种弃物，改造成动物的饲养屋。陈发作第二次抽搐是他的乌龟死的时候——一个异常寒冷的春天，乌龟绿色的壳上一夜间长满了灰白色的黏膜，它半闭着眼睛看着陈，和他做最后的道别，直到全身冰冷不再动弹。和实验室那次不同，陈这次清楚地记得自己的身体是如何开始不受控制地痉挛扭曲，他的视野越来越窄，从乌龟的眼睛到水里漂动的黏膜丝，他什么也抓不住、够不到。这次之后，舅舅和他妈没再说什么,他们转而把全部精力都投入到了舅舅刚出生的小女儿身上,寸步不离。

这次陈昏头涨脑睡了整整两天,好像参透了某种关于生命的奥秘。在他成功将毛毛虫孵化成蝴蝶,却发现蝴蝶的寿命不过一个月的时候,他下了决心,不动声色地把死蝴蝶扔进垃圾桶。他其实知道舅舅他们这么匆忙搬走是早就准备好的"后路"。他很满意舅舅让他留下看管的房子,这里是顶层,既安静又开阔。他迅速架构出三套电路系统——一套用来控制光与暗;一套用来保证稳定的湿度,一套用来恒定温度。蜗牛是这样一种动物:白天睡觉夜晚活动,它们缓慢而安静,有时过分敏感。它们依靠对光的感知来决定自己的睡眠,而不是靠时间。所以陈在白天为它们制造夜晚,在夜里为它们制造白天,这样重叠的错觉让陈产生了一种对时间的眩晕感,他为此着迷。他甚至不确定自己是否和蜗牛一样已经进入了它们的昼夜循环中,或者自己只是处于一种半梦半醒的状态。

于是,他找到了楼下的酒馆,有时和我说话,大多时候却不是说给我听的。陈从不喝完杯子里的酒,也不会待到太晚。他来这里似乎只是为了等自己的十只蜗牛完全进入睡眠,只有这样,他的昼夜才开始循环。

周一晚上大概是下雨的缘故,酒馆里全是人。呵气、寒意、兴奋和茫然混杂在一起,蒸腾出白雾雾的气体,整个小区看起来像个大型空气净化器。每个人都在说话,声音在空气里具有双重穿透力,虽然过程暧昧不明——"是"变成"不是","看到"变成"看不到"——这毫不妨碍人们彼此交流。

外面的雨使得此时的对话更加短暂易逝。中间的桌子传来一阵骚动,一个高大的女人站起身,整个酒馆一下子静了下来。她的眼角布满皱纹,额头却光滑宽阔;她戴着假睫毛,文画着两道细长的眉毛。她唱起那首关于蝴蝶的歌,那是她年轻时的成名曲。她的声音在副歌部分发出不受控制的颤抖,人们随着这微弱的颤抖进入了另一个潮湿的世界。一切都不真实了,在这样的夜里,女人仿佛上一个世纪的雕像,腐败而神圣。

热烈的掌声过后,女人卷起椅背上的貂皮大衣裹紧自己的身子,庄严地欠欠身走出酒馆,人们自动给她让出一条道,又迅速合拢,酒馆重新嘈杂起来。我确信自己看到女人的眼角湿润,才发现在三月的天气里,貂皮大衣是多么不合时宜。戴眼镜的年轻老板今天也在,他拍了拍孙雨的肩膀，便跟着女人一起出去了，就像去追随一个旧时的梦。

孙雨给中间那桌拿来几罐麒麟啤酒，整个空间随即充满此起彼伏的"砰""砰"声。我听到孙雨在对着一个嗓音尖细的男人给他推荐自己吃的那种硝酸安定，在他的描述里，那是一种轻盈的白色药片，能让人像小动物一样完全听命于"生物时钟"的运行，晚上入睡，白天清醒。"睡觉能拯救你的生活"——孙雨的语调抑扬顿挫，开始进入一种迷离的蛊惑状态，男人在他的描述中仿佛已经走入甜美梦乡，睡了一个大觉。

我知道那药片对于孙雨来说不过是一次次被无限延迟的缓释。周六晚上我终于跟着孙雨上了楼，我很快就辨认出他的墙纸、桌椅、沙发、地板还保留了统一装修时的样子。孙雨去倒水的时候，我来他卧室转了一圈：床上的东西都是白色的，在开发商提供的华丽墙纸的衬托下显得怪异且格格不入。他说他没那个意思，要是我愿意的话睡在哪里都行。他还递给我一片安定，说能让我好好睡个觉。这次他完全没有酒馆里那副蛊惑人心的夸张语调，反而有股迟疑和歉疚。我接过药片吞了下去，并没有睡着，我的身子变得沉重无比，很快就脱离了脑袋的掌控漂浮在一个让人喘不过气的黑洞里，黑洞不断吸收着我所有的重量，

洞

直到我听见卧室那头传来接连不断的声音。我想我至今仍然记得那声音。

其中有尖叫、恐惧和狂喜(它们属于任何人)的声音;有巨物轰然坍塌的声音;有吞噬和消化的声音。伴随它们从一而终的是巨大的、单调的电路"嗡嗡"声。那是一场战争或一首赞歌。孙雨的怪兽在声音的共鸣间自然勇猛无比,在植绒墙纸后面窄小的空间里横冲直撞仿佛那里是无限战场。最开始,他的怪兽伴着墙里那巨大恼人的声音而生,只有一个缩成一团的身体和模糊的头,然后怪兽开始生长,头越长越大,挂在皱缩起来的身子上摇摇欲坠。它吃一切东西:噪音、空气、怨恨,每个念头都是它的食物。它面无表情,更准确地说,我们无法辨认出它的表情。它吞掉了所有的声音,如同吞掉夜间万物。

孙雨走出卧室的时候脸色苍白,肩膀一侧不断往前倾,他的眼神疲惫,透着让人心惊的坚定。一团轻盈无比的火苗将他托起,瞬间释放出一股巨大的解脱感,他说:

"现在都没了。安静了。"①

---

① 写"墙里怪物"这一段的时候,我的公寓在深夜因为楼上邻居水管崩裂的影响而满屋浸水。水从四面八方瓢泼而下,不知其所起不知所终,仿佛此时墙中真的有只看得见又看不见的怪兽。面对无影无形的怪兽,一切战争与行动都是徒劳的,只有等待安静来临。

陈发现自己的蜗牛这几天异常不安。它们减少了对绿色菜叶的食欲,也缩短了睡眠时间,只要醒着,其中四只就在饲养盒里到处游荡,另外几只便跟在它们身后缓缓而行。蜗牛从不发出声音,就连游荡都是沉默的,然而他还是用之前捡来的听筒扒在饲养盒外面的玻璃罩上试图听到些什么。那听筒是他从小区儿童乐园的摇摇椅上捡来的,塑料漏斗形的玩意,估计是谁家小孩扔掉不要的。他当然什么声音也不会听到;蜗牛在土壤上留下长长的黏液,那是兴奋和紧张的信号。蜗牛不断在土中打洞,饲养盒圈出的土壤就是它们的无垠生活,它们徒劳却坚定地在其中寻找每一处可能让自己栖息的洞。就这样持续了几天时间,那四只蜗牛终于钻进了早已布满洞穴的土里。

而陈却彻底丧失了自己的睡眠,他试图服用他妈寄来的加拿大药片,却发现那药片完全搅动了他大脑和身体之间的某处神经系统。他既睡不着,也无法彻底清醒,他重复差不多的梦,被同样的未知侵扰。他坚信自己看到了不知从什么地方爬进墙里的巨大怪兽,黑色的,或者索性是某种难以形容的黏稠的透明色。这东西一钻进墙里就四脚朝天躺倒缩成一团,用它丑陋而柔软的躯干不停刨着墙壁里的土,不是"嗡",而是"嘶"。他从没有看清那怪兽的脸，它的脸既像空气又像深黑的梦魇。陈又试图用捡来的听筒寻找这墙里的生物：其实那听筒已经摔掉了一块，漏斗的圆弧变成了一个残缺的笑脸。在他看来，这丝毫不影响听筒的使用功能，他想干的只是把听筒放在墙面上，以确定那只看不见的怪兽确实离他很近，很近。

卧室门缝透出来的 LED 灯光线此时像一团逐渐膨胀的光焰，一下子让陈的卧室笼罩在一片白昼之中。再过一会儿，那四只蜗牛将开始产卵，它们会把产下的卵埋在之前挖好的洞里，既不吃也不动。这过程将持续一两个小时，直到它们精疲力竭。"窗帘、照明灯和房间的温度"，陈不断重复这几个词，仿佛电路系统的运作确保了他此刻的存在。他坐在床上，在看不见的白昼里盯着眼前的墙，再下一刻，墙里的怪兽就会破墙而出。

他想起子弟小学后面野山上的破庙。有一次他逮松鼠的时候跑去了那里，那里什么人都没有，只有倒在草里横竖不分的几只石狮子，在太阳的暴晒下，显得洁白而炽热。再靠近一点，他看到了这幅场景：一群黑蚂蚁从石狮子背面攀上来，蚂蚁们的背上担着一只死去的蜗牛；那蜗牛只剩了一具快要干枯的壳，比破败的石狮子还要死寂。他记不起石狮子的脸，却能看到它们的表情，就像他此时能看到墙里怪兽的表情一样。那是更大的恐惧，在一切来临之前最深的战栗。

  从顶层坐电梯下来需要1分52秒。我必须这样计算时间，虽然我手头计算时间的工具只有这台手机，我从没搞明白为什么在没有信号的时候手机上面的时间也照样往前走。夜里进入电梯有种未知的恐惧，来自被弃绝的空间和无动于衷的时间。我无数次预感到自己会在电梯里窒息、晕倒、穿越、失踪或失忆，这一切都发生在整个的1分52秒里，或者，在电梯就要到达的时候，整个小区由于突发的电力故障而陷入黑暗中，就像陈说的那寄生在金箔酒里的虫子一样无处不在。

  那么这将又是一个平庸的晚上，我又回到了酒馆。或许有人说过这句话：

  星夜崇高，白昼美好。我们在洞中安眠。

2023年3月，北京

双双

两年前的夏天，我在宜兴附近镇子上的一个居民区住了三个月。七月到九月——当地人说这是最难受的几个月，气压低，潮湿，既不完全下雨也不完全放晴。我的房东是那边的一个中学老师，她把钥匙交给我的时候疑惑地看了我一眼："没人在这时候跑南方来的呀。"她说的没有错，我来这里的动机不详、荒谬、令人难以置信。

如果动机存在的话，我想，那应该是一种贪吃症。一种神经症的分支，和地理位置、气味、周围的人都有关系。感染了这种病症的人首先就是感到饥饿，巨大的、无法被填满的饥饿：我几乎从早到晚都在往胃里填东西，我的胃仿佛一个排水池，而永无止境的吃换来的是下一次更强烈的饥饿。最开始，我的消化系统和排泄系统以自身强烈的应激反应超负荷地处理着这些过量的食物，突然有一天我的消化系统拒绝工作，堆积在胃里无法被接收的食物就开始膨胀，它们如同过剩的欲望一般穿梭在每一处神经和细胞之间，无处逗留也无处释放，充斥，停滞。我仍然感到饿。但我此时吞下的无法被消化的食物和已经进入拒绝状态的身体混合出令人作呕的违和感——一种恶心的气味——我意识到，再这么下去，我就要完蛋了。于是我决定离开北京，我相信南方的湿气能有效抑制我过于旺盛的食欲。

　　这个居民区有些年头了。我租的屋子只有一个房间，五十多平方米，吃饭、睡觉、上厕所都在里面。有一面窗户，但窗户很高，平时我根本够不到，必须把饭桌前的那把高脚凳搬过来踩在上面才将将能把窗户推开一个缝。可是大多数时候，我因为困倦或是其他别的什么事情根本想不起来去开那扇窗户，这就导致屋子里总是暗沉沉的。而且一天里有一半的时间我并不待在这间屋子里。这个房间还有一个地下室，据说是抗美援朝时期用来做防空洞留下来的。房东说在我住进来之前，她专门打扫清理了这个地下室，我用来放什么东西都可以。我认真想了想，自己也没什么东西可存放的——我从北京带来的衣物有一大半已经受潮发了霉，随身带的几本旧书也在来的火车上不翼而飞。这地下室只吊着一个光秃秃的老灯泡,是米黄色的光;虽然年代久远但光源却异常稳定,甚至比我楼上那个屋子里的光还要明亮,这不是错觉。之后我来地下室的次数多了起来,每次来,都能在这封闭的、没有窗的空间里待很久,逐渐,我便每天一半时间在楼上,一半时间在地下室。

我想的没有错,过来一周之后我的饥饿感几乎消失了,南方的潮气确实极大程度地抑制了我那不正常的食欲。在同一时间,另一种渴望又攫取了我所有的注意力——我渴望打开屋子里的那面窗户,彻底地。我没有注意到一个深刻的怀疑已经生出:我渴望一种立刻的、暴力的意外;这意外不再是无限延迟的饥饿,也将停止我无限延迟的死亡。我越想登高打开那扇窗户,就越想钻进一个深不见底的地方去。我无时不刻不带着这个念头往地下室遛去,在地下室那冰凉、湿润、静止的空气中想象着窗户外面的样子。

我曾在某个夜里听到外面有海的声音(不可信),有振荡器的信号声(不存在),有捕鱼撒网的吆喝声(也许);窗外是无数的波段,无数岩层,无数空洞,一切都在这虚构的角度中疯长,病变,萎缩。就这样,白天,我无数次带着同样的念头来到地下室。我动弹不得——"嘀，嗒，嘀，嗒"——一种持续的、单音节的滴水声，由弱到强，然后在一个适当的节奏和适当的力度中间循环往复，就像我们所有人的生命。我判断这一定是这座居民楼某处年久失修的旧水管漏水的声音，不足为奇，哪里都会发生，随时都会发生。尤其对于一个曾经是防空洞的避难之地来说，这声音也许就是最日常的慰藉和一种彻底萎缩的启示。于是我在这米黄色的光线与单调的漏水声中彻底忘掉了窗户的事情：它在那里，在或不在并没有区别。就这样，每当回到楼上的时候，我已经全身麻木昏昏欲睡；等睡起来就又立刻钻回地下室，在地下室里一边想象窗户的高度，一边在漏水声中再次遗忘整件事；然后再回到楼上继续浑浑噩噩……

双双就是在这个时候出现的。

或者说，我就是在那个时候见到双双的。我终于意识到了自己当下无意义、荒唐的处境，我意识到窗户外面并没有我想象的东西——这里（不是那里）没有海，不可能一望无际。更糟糕的是，在我食欲减弱的同时，我似乎失去了方向感，这让我处于一种无法具体描述的失重状态中。我如同一个飘浮行走的、用游逛来打发时间的流浪者，只不过我的游逛范围仅仅局限在楼上和地下室之间的局促来回中。场景是重复的：灰色的水泥楼梯，掉漆的绿色门框，由于潮湿从马桶里散发出来的异味，邻居开门关门发出的砰砰声。场景的重复使其中的时间变得可疑，时间这个概念此刻显示出来的是关于自己（是不是我？）的重重破绽。时间依靠人造的概念而存在，就像我们眨眼睛只是为了调节光线的进入，于是在我迅速睁眼的那一刻，双双出现在我的面前。

我至今也不知道双双是谁，只能用最古老的代词"它"来描述整件事情，这减弱了描述和记忆的力量；并且当这个代词反复出现的时候，语言中最微小的词项自动生成不可被掌握的秘密的语料库，我的叙述变成了某种客观的、确凿无疑的科学陈述，尽管我连关于它的容貌的记忆都是可疑的。就这样开始，它的声音和样貌来自一个遥远的地方，由于光线和时间不可把握的双重偶然性，双双的样貌不断发生变化——一个孩童，一个女人，一个男人，一只猫，一个将死之人，一团空气。它不是依靠词语，而是用言说本身在说话，它问我，现在是什么时间？我无法回答。我问它，你是谁？

双双回答了我，它的回答听起来如同一段出处不详的古老的祭酒词，它说它是被抛弃的时代偶像，一个演讲家，一个知识分子，一个作家，一个建筑师，一个表演家，一个艺术大师。

都是一样的职业，它接着说，这些职业的出现必须振奋人心，必须第一眼就要牢牢抓住别人，让别人相信自己。说到这里，双双的轮廓闪烁不定，不是出于悲痛，而是出于愤怒。它的回答让我觉得它就是我们中的一个，我一时忘记了它声音中不同寻常的回响，那回响在地下室的空间中弥散出悠长的共鸣，我禁不住点了点头，试图伸手够向双双。就在这一瞬间，双双的轮廓一下子变得灰暗而坚硬，从头到脚；一瞬间，它像一个巨大的石像那样顷刻被击碎、崩塌。这时代的偶像，是我们用谎言、欲望、幻想、自私、愚蠢和盲目造出的时间偶像。

我跑回楼上的屋子，楼下的滴水声已传达到了这里，听起来缓慢且沉重。我试图搬来那把高脚凳，却发现我的皮肤开始变薄变脆，我感知到时间正从我身体里蒸发；这也是谎言，因为我从来回于地下室的那天开始就已经失去了时间。我可能还变得非常饥饿，潮湿的空气不仅抑制了我的食欲，而且还起到了某种反作用，我的饥饿感转化为了超快速的饱足感，我的身体里不再存有过剩的食物，看起来一切都是徒劳。这给我带来新的困意，于是我就蜷在那把高脚凳上睡着了，再次忘了把屋子里的高窗打开。

我睡了一小时，一天，也不重要。我先是觉得肚子不断向内缩回，然后又开始往外膨胀，或是同时向内和向外，这一定是它的启示，古老的呓语。我必须回到地下室，双双还在那里。这一次它发出沉闷嘶哑的喉音，每当痰卡在嗓子里的时候，我也会发出这种声音，这声音有时让我胆战心惊，因为我相信儿时的噩梦：当你无法连续呼吸三次的时候，就会窒息而死。我有很多这样的噩梦：窒息而死，溺水而死，被自己的床单缠绕而死，吞食过多的可乐泡沫而死，被头发缠绕在椅子上而死，碰到路边树枝扭伤神经而死，遇到跳出的鹿惊吓而死。死亡过于轻易发生的可能性令我惴惴不安，一事无成。我打心底里认为那个叫弗洛伊德的伟大人物所说的"死亡本能"是在厕所里编造出的胡言乱语，显然这个绝望的真相抹杀了一切运动、一切时间和一切存在的意义，此时的我们处在一场彻头彻尾的、没有结局的悲剧中。

我再次问双双它是谁（我没有忘记，我不得不），这一次它说它是一个偶然的造物。它当然是造物，尽管这个词听起来陌生又无情,这个词区别了我和它之间的差异,它是存在的,而我不存在。

我无比迫切地想要逃离,高窗外还有一处我不知道的、可疑的海,只要我爬上去就能看到。然而此刻我的境地如此尴尬,我有很多未完成的事情,我有很多正在生长的欲望,然而我却在早已被命定的、不可避免的一条道路上消磨时间。甚至,在这条看不见的道路上,我的时间都是被抹掉的、静止不可见的,我无法像双双那样对"你是谁"这样的问题做出回答,我甚至不知道当我能看到双双的那一刻起,我的命运早已被决定。我必死无疑。

于是双双在艰难的呼气声和吸气声之间用它的指头拨开了地下室的墙。

墙坚实无比,在肮脏的泥灰和双双被划破的指间处,一排古怪的画显露出来。这些画散发出若尸骨腐烂一般的臭气,比我全部的噩梦还令人窒息(我现在才知道它们是我全部的噩梦)。画上是大片枯萎的竹子,密密麻麻的群山,群山之间盘踞着层层叠叠像蛇一样的东西。双双示意我靠近一些看,我忍着那恶臭将头伸近,瞬间全部的竹子、山和蛇开始快速旋转,这些东西像进入了一台高速运转的搅拌机,就在我随之头晕目眩的刹那,从地下室的四面墙上长出了成片的树。我必须调动所有的修辞方法和描述方式来讲述这些不可思议的树,即使这样,我相信我的神经系统还是以某种狡猾的方式欺骗了我。我要说这些树有着柔软的、长得过分的枝干,它们的树干部分随着双双的呼吸声一起一伏,在这些神秘的枝干上每一个关节处都挂着一张人脸。

长着人脸的树 —— 我曾经见过这些脸,就在这附近的一家捕鱼场。我的父母和他们的同伴一道在潭中设好渔网,等待成群结队的鲢鱼进入其中;无数鱼在渔网下方蹦跃,为了逃脱束缚拼命挣扎,最终渔网被完全提起,潭边围着的来看热闹的人欢呼起来。然后有一天,渔网下的鲢鱼变得无比肥硕,在夜间都持续散发着银色的光芒,人们被迷住了。直到一段时间之后,人们才发现这些鲢鱼身上长出了多余的、奇怪的器官,雄性鲢鱼长出了卵巢和卵管,雌性鲢鱼在腹腔内长出了睾丸,这些鱼日日夜夜疯狂产卵,释放出人们从未见过的光芒。这带有死亡印记的光芒笼罩了整个渔场,人们开始出现呕吐和中毒的症状,即使活了过来也失去了吃东西的欲望,医生没有任何办法判断这些鱼所带来的后遗症。于是人们放弃了捕鱼,一批又一批的鲢鱼被冲上岸,一到夜间鲢鱼的尸体就开始腐烂变臭，半年之后，水潭已经臭不可闻，如同一片诅咒之地。人们说起这件事来，用了这样一个形容：噩梦般的意外。我在那之后再没有回过家，但我记得家乡的每一张脸，活着的，和死了的，这些脸挂在眼前墙壁的树上，像那时的鲢鱼一样发出银色的死亡之光。

"嘀，嗒，嘀，嗒"——滴水声又传来了，声音无比近。双双说，你听，这声音就是人脸树眨眼的声音。时间在流逝，或者时间根本纹丝不动。如果时间仅仅是我们制造出来的一个计数单位，一个用来抵御最终死亡时刻的甜蜜幻觉，一切的叙述将灰飞烟灭，没有任何意义。昨天，今天，明天，时间没有箭头，我们的存在不过只是一刹那。双双暗示过我几次，它不生也不死，不被抛弃也不被接受，它不是魍魉，也不是魍魉之影。这是否意味着它来的地方和要去的地方从来没有时间的存在？或者，时间从来都是混乱的、无序的，像旧衣服一样布满凌乱的褶皱，我们对时间的估计从来都是一厢情愿的暴力。我们甚至用计算时间的数字来同样计算金钱，把时间当作完全的人造产品——这三个月的房租费用是一万元，而一万年对我来说却如此遥远，在这样的意义上，金钱的聚集速度竟已远远超过了时间。那么古代哲人在梦里看到的无数个世界是否就是我窗户外面的真相？或许我只是双双一万年后的梦。

自那之后，我再没去过地下室。

然后会有那么一个时刻，当时间的暴力来临的时候，我终会站在凳子上推开那扇窗子，我知道（就像上一次）在我推到一半的时候窗玻璃上的插销就会掉下来，再次重重地敲在窗户边缘，整个玻璃稀里哗啦碎掉一大片——这就是我噩梦中的意外。接下来，我会被其中一块玻璃可笑地划伤动脉血管，荒唐地、无意义地死去。死亡的过程很快，比一万年的时间还要快，那时我将不再有食欲，不再饥饿，不再记忆，不再陈述。

大眠

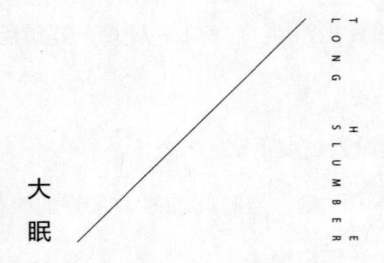

THE LONG SLUMBER

图书在版编目（CIP）数据

大眠 / 杨好著. —— 北京：人民文学出版社，2025.
ISBN 978-7-02-019230-4

Ⅰ．I247.7

中国国家版本馆 CIP 数据核字第 2025RR0703 号

出版发行 人民文学出版社	责任编辑	樊晓哲
社　　址 北京市朝内大街166号	装帧设计	陶　雷
邮政编码 100705	责任印制	宋佳月

印　刷　三河市中晟雅豪印务有限公司
经　销　全国新华书店等

字　数　105千字
开　本　850毫米×1168毫米　1/32
印　张　7.5　插页15
印　数　1—8000
版　次　2025年4月北京第1版
印　次　2025年4月第1次印刷

书　号　978-7-02-019230-4
定　价　58.00元

如有印装质量问题，请与本社图书销售中心调换。电话：010-65233595